DREAMBOOKS★

흑제

오렌 퓨전 판타지 장편소설

FUSION FANTASY STORY & ADVENTURE

9

dream
books
드림북스

흑제 9

초판 1쇄 인쇄 / 2013년 9월 27일
초판 1쇄 발행 / 2013년 10월 4일

지은이 / 오렌

발행인 / 오영배
책임편집 / 편집부
펴낸 곳 / (주)삼양출판사 · 드림북스

주소 / 서울특별시 강북구 솔샘로67길 92
대표 전화 / 02-980-2112 팩스 / 02-983-0660
편집부 전화 / 02-980-2116 팩스 / 02-983-8201
블로그 / blog.naver.com/dreambookss

등록번호 / 제9-00046호
등록일자 / 1999년 3월 11일

ISBN 978-89-542-5394-9 (04810) / 978-89-542-5095-5 (세트)

이 도서의 국립중앙도서관 출판시도서목록(CIP)은 서지정보유통지원시스홈페이지(http://
seoji.ni.go.kr)와 국가자료공동목록시스템(http://www.nl.go.kr/kolisnet)에서 이용하실 수
있습니다. (CIP제어번호: 2013018906)

DARK EMPEROR 흑제

9

오렌 퓨전 판타지 장편소설

FUSION FANTASY STORY & ADVENTURE

dream books 드림북스

DARK EMPEROR
흑제

Contents

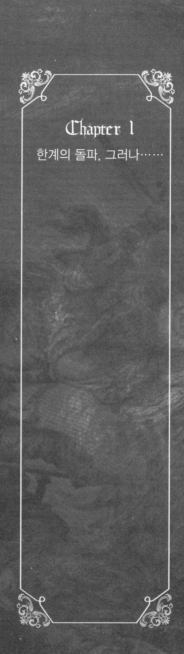

Chapter 1

한계의 돌파, 그러나······

엘리나이젤이 리디아를 잡아먹을 듯 노려봤다.

"너는 누구냐?"

그러나 리디아는 대답 대신 죽은 드래곤들의 마나 하트에 붉은 검신의 단검을 꽂았다.

"케이우스! 네가 원하는 먹잇감이 여기 있구나. 많이 먹으렴."

푸욱!

마나 하트로부터 마나를 빨아들이는 마검 케이우스의 붉은 검신이 세차게 떨렸다. 그것은 케이우스가 매우 흡족해하고 있음을 의미했다.

그것을 본 엘리나이젤이 떨리는 음성으로 물었다.

"케이우스? 설마 그 단검이 마검 케이우스라는 말인가?"

리디아가 큭 웃으며 대답했다.

"잘 알고 있네. 역시 박식하다는 엘프의 수호 정령답구나."

"으으!"

엘리나이젤의 안색이 하얗게 변했다. 그가 어찌 마왕 유레아즈의 애병인 마검 케이우스의 끔찍한 위력을 모르겠는가.

"말도 안 돼!"

아르나 역시 경악에 잠겼다. 케이우스의 붉은 검신이 번뜩이는 순간 그녀의 몸은 자신도 모르게 덜덜 떨렸다.

엘리나이젤과 아르나는 마치 천적을 만나기라도 한 듯 리디아가 드래곤들의 사체를 뒤적이고 있는 것을 보면서도 꼼짝을 하지 못했다.

"니아옹!"

바로 그 순간 붉은 털의 고양이 하나가 상공으로 훌쩍 날아올랐다. 조금 전까지 바람의 정령 실피의 어깨에 앉아 있던 고양이 포티아였다.

"쿠아아아아아아―!"

처음에는 그저 고양이의 울음소리일 뿐이었다. 그런데 기이하게 그 울음소리가 트레네 숲을 쩌렁 울리는 포효로 뒤바뀔 줄이야.

그 소리를 듣는 순간 리디아의 안색이 딱딱하게 굳었다. 그녀는 믿을 수 없다는 듯한 표정으로 포티아를 노려봤다.

"불의 정령왕의 가디언 포티아! 네가 어떻게 이곳에?"

"……."

그러나 포티아는 대꾸 없이 리디아를 노려보기만 했다. 아니, 그가 노려보는 것은 리디아가 아닌 붉은 검신의 단검인 마검 케이우스였다.

'케이우스! 네놈을 여기서 만나다니!'

마검 케이우스에 대해 잘 모르는 이들은 그것이 그저 마왕 유레아즈의 애병인 줄로만 안다. 그러나 포티아는 그것이 바로 마왕 유레아즈의 가디언 중 하나임을 알고 있었다.

숲의 보호 결계가 해제되고, 언데드 드래곤들에 의해 숲이 공격받고 있는 상황에도 포티아가 나서지 않은 이유는 바로 그가 전력을 다해도 이길 수 없는 강적들이 나타났음을 간파했기 때문이었다.

포티아의 가장 중요한 임무는 현자 루인을 지키는 것이기에 그동안 절대 그녀의 근처에서 떨어지지 않았다. 그런데 이제 이곳 루인이 있는 곳까지 케이우스가 접근한 터라 포티아가 나서지 않을 수 없는 상황이었다.

가디언 케이우스!

대략 7천 년 전에 마왕 유레아즈와 정령계의 최강자 중 하나인 불의 정령왕 나룬 사이에 큰 전쟁이 벌어진 적이 있었다.

그 전쟁은 이후 휴전으로 끝났지만 당시 나룬의 가디언이었던 포티아는 유레아즈의 가디언이었던 케이우스와 박빙의 승부를 벌였었다.

다시 말해 포티아는 케이우스를 간신히 상대할 힘이 있었다. 문제는 케이우스를 들고 있는 리디아의 능력 또한 그와 버금가는 경지에 있다는 것이다. 하나도 힘든 상황인데 그 둘을 동시에 상대하는 건 포티아로서도 불가능했다.

리디아는 그 사실을 잘 알았기에 속으로 회심의 미소를 지었다.

'설마 가디언 포티아가 이곳에 있을 줄은 몰랐구나. 그 트레네 숲의 로드란 놈이 이곳에 함께 있었다면 나도 상대하기 쉽지 않았겠어.'

리디아가 무혼을 이길 수 있다고 자신했던 것은 마검 케이우스가 가진 능력 때문이었다. 그런데 그것과 막상막하의 전투력을 지닌 포티아가 이곳에 있었으니 어찌 가슴이 철렁하지 않을 수 있겠는가.

그러나 지금 그녀는 매우 느긋하기 짝이 없었다. 그녀의 생각에 북해에 있는 무혼이 이곳에 오려면 앞으로 열흘이 지나도 힘들 것이라 확신하기 때문이다.

따라서 그녀는 여유롭게 즐기면서 숲에 있는 무혼의 권속들을 전멸시킬 작정이었다. 물론 가디언 포티아도 포함해서 말이다.

"호호! 케이우스! 너는 저 위의 괘씸한 고양이를 잠시 상대하고 있도록 해. 내가 저 밑에 있는 거추장스러운 것들을 모조리 죽일 때까지 말이야."

그러자 마검 케이우스의 검신이 세차게 울리더니 붉은 광채를 마구 발산했다. 그것은 이내 리디아의 손을 떠나 상공에 떠 있는 포티아의 앞쪽으로 이동했다.

콰쾅! 콰르르르! 콰콰콰쾅!

곧바로 천공이 찢어지는 듯한 가공할 굉음이 상공에서 울려 퍼졌다. 포티아와 케이우스가 전투를 벌이기 시작한 것이었다.

그러나 엘리나이젤 등은 그 까마득한 상공에서 벌어지는 전투에 관심을 가질 여유가 없었다. 그들의 앞쪽에서 리디아가 섬뜩한 미소를 지으며 다가오고 있었기 때문이다.

촤아아아아!

순간 하늘 호수가 세차게 회오리치더니 물의 정령 아르나가 거대한 몸체를 이루며 외쳤다.

"멈춰라!"

호숫가를 걷고 있던 리디아가 고개를 힐끗 돌려 아르나를 노려봤다.

"네가 가장 먼저 죽고 싶은가 보구나."

리디아는 망설이지 않고 아르나를 향해 걸어갔다.

처벅! 처벅!

마치 지면을 밟듯 수면 위를 걸어가는 그녀의 두 눈에서 시뻘건 혈광이 번뜩였다.

아르나는 그 눈빛을 보는 순간 아득한 절망을 느꼈다. 리디아는 그녀가 절대로 이길 수 없는 상대였다. 어쩌면 기나긴 정령으로서의 삶을 마감할지도 모른다는 두려움이 일었지만 그녀는 물러나지 않았다.

'최대한 시간을 끌어 버텨야 돼.'

아르나는 지금쯤 자신의 마스터인 무혼이 이곳으로 오고 있을 것이라고 확신했다.

그는 반드시 올 것이다. 아니, 어쩌면 벌써 트레네 숲 지척에 도착했을지도 모른다. 어떻게든 그가 올 때까지 버티기만 하면 이 처참한 상황은 역전될 것이다.

리디아나 마검 케이우스의 능력이 아무리 강하다 해도 무혼 앞에서는 아무것도 아님을 확신하고 있기 때문이었다.

'이제 어쩌면 마스터를 두 번 다시 보지 못할 수도 있겠군요.'

문득 아르나는 필리우스의 동굴에서 무혼을 처음 만났을 때의 순간이 떠올랐다. 그 이후로 그와 삼 년을 함께 지내다가 이곳 이로이다 대륙으로 건너올 때의 일도 모두 떠올랐다.

　그 이전의 아득한 세월을 살았을 때의 기억들보다 유독 무혼과 함께 있었던 시간들이 더욱 또렷이 떠오르는 이유는 그 시간들이 그녀에게 가장 행복했었기 때문이리라.

　'정말 안타깝군요. 마스터가 마왕 유레아즈를 쓰러뜨리는 장면을 꼭 보고 싶었는데……'

　이제 사실상 그것이 불가능하게 되어 버렸다. 그러나 이것이 정령으로서의 그녀의 운명이라면 받아들일 생각이었다. 아르나는 입술을 깨물며 리디아를 노려봤다.

　촤아아아!

　호수의 물이 회오리치더니 수천 개의 워터 스피어 즉, 수창(水槍)으로 변했다. 일전에 무혼을 상대로 대련을 할 때 보여 주었던 것으로, 호수의 물을 모두 무기로 사용할 수 있는 물의 최상급 정령의 비기였다.

　<u>츠츠츳!</u>

　그뿐만 아니라 그녀가 쥐고 있는 창의 끝에는 오러 블레이드가 생성되어 있었다.

　"각오해라."

　아르나의 두 눈이 차갑게 번뜩이는 순간 수천 개의 수창이 날아오르며 리디아를 향해 쏟아져 나갔다.

　촤아아! 촤아아아아!

동시에 오러 블레이드가 생성된 창이 리디아를 향해 화살처럼 쏘아졌다.

쒜에엑!

아르나는 선기를 잡아야 조금이라도 시간을 더 벌 수 있으리란 판단에 손속에 사정을 두지 않았다.

"크흐! 여기도 있다! 받아랏!"

물속에서 거대한 나무 넝쿨이 솟구쳐 올라 리디아의 몸을 휘감았다. 엘리나이젤이 합공을 가한 것이었다.

엘리나이젤은 사실 자신과 아르나가 합공한다 해도 리디아를 이기기란 불가능하다는 것을 알고 있었다. 선기를 잡기는커녕 미처 손도 못 써보고 당할 수도 있다는 사실도.

그래도 어쩌겠는가. 지금은 스스로의 몸에 불을 붙여 돌진이라도 해야 할 만큼 급박한 상황인 것이다.

그런데 아니나 다를까, 그야말로 산이라도 무너뜨릴 듯 강력해 보였던 아르나의 수창들은 리디아의 몸에 아무런 피해도 주지 못했다. 오러 블레이드가 맺힌 수창 또한 리디아의 지척에서 옅은 물줄기로 변해 사방으로 흩어져 버렸다.

그뿐이 아니었다. 엘리나이젤이 펼친 구속의 넝쿨은 그녀의 몸을 휘감기는커녕 오히려 엘리나이젤의 몸을 꽁꽁 묶어 버렸다. 엘리나이젤은 마치 거미줄에 묶인 벌레처럼 칭칭 감긴 채 리디아의 앞으로 끌려왔다.

"으! 이런!"

당황한 엘리나이젤이 벗어나기 위해 혼신의 힘을 다했지만 소용없었다. 이는 마치 어린아이가 어른 손아귀에서 벗어나기 힘든 것과 같은 상황이었다.

촤아아아!

순간 수면이 요동치더니 거대한 칼날 모양의 물기둥이 리디아의 발바닥을 뚫고 수직으로 솟구쳐 올랐다. 그 거대한 칼날에 스친 리디아의 몸은 정확히 두 쪽이 나 버렸다.

'설마 성공인가?'

아르나가 날린 회심의 일격이었다. 이 한 번의 공격은 그녀가 가진 모든 정령력과 더불어 하늘 호수의 방대한 수력까지 동원한 것이었다.

이로써 그녀의 몸에 남은 정령력이 모두 소진되어 버렸다. 그야말로 극도의 무리를 한 것이라 정령력이 회복되려면 상당히 긴 시간 동안 요양이 불가피할 정도였다.

그렇다 해도 리디아를 죽이는 데 성공했다면 아르나로서는 환호할 만한 일이었다. 아르나는 실제로 환호하고 있었다.

'호호! 설마 반 쪽이 났는데 살아날 리는 없겠지?'

그러나 그것은 아르나의 착각일 뿐, 리디아의 몸은 분리된 즉시 다시 붙어 버렸다. 그녀는 아무런 일도 없다는 듯 싱긋 웃었다.

"훗, 제법 대단한걸. 어때? 나의 가디언이 되어 충성을 맹세하면 살려 주마."

리디아는 아르나의 전투력이 마음에 들었는지 가디언이 되어 달라고 말했다. 그것은 매우 뜻밖의 제의였다. 그러나 아르나가 어찌 그것을 수락하겠는가?

"흥! 미친년! 내가 어찌 마스터를 배신하고 네깟 마족 따위를 주인으로 섬기겠느냐?"

아르나의 손에서 섬광처럼 또 하나의 수창이 쏘아져 나가 리디아의 몸에 작렬했다.

촤악!

그러나 그것은 평범한 물줄기 이상의 위력을 발휘하지 못했다. 아르나의 몸에는 정령력이 한 줌도 남아 있지 않았기 때문이었다.

거대했던 아르나의 몸체는 이내 본래의 크기로 돌아왔다. 비틀거리는 아르나를 향해 리디아가 섬뜩한 눈빛을 보내며 쏘아져 왔다.

"호호호! 실력이 제법 아까워 살려 두려 했더니 죽음을 자초하는구나."

리디아는 그대로 아르나의 몸을 뚫고 지나갔다. 순간 아르나의 몸이 작살 맞은 물고기처럼 떨렸다. 그녀는 지금 자신에게 무슨 일이 벌어졌는지 알 수 있었다. 생명의 근원이라 할 수 있는 정령 하트가 부서져 버린 것이다.

'마, 마스터······.'

서글프게 웃는 아르나의 두 눈에서 눈물이 흘러내렸다. 곧바로 그녀의 목과 사지가 몸체에서 분리되었고, 이내 그녀의 몸통이 팍 터지듯 사방으로 흩어져 버렸다. 최상급 물의 정령 아르나의 최후였다.

"아, 아르나 님······!"

"흐윽! 아르나 님!"

호숫가에서 그 장면을 보고 있던 루인이 탄식했다. 엘프들도 눈물을 흘리며 어쩔 줄을 몰라 했다.

"으득! 감히 아르나를······! 용서하지 않겠다."

그사이 넝쿨의 구속에서 빠져나온 엘리나이젤이 그 광경을 보고 이를 갈았다. 리디아가 코웃음을 치더니 이번에는 엘리나이젤을 향해 폭사해 왔다.

"놀랄 것 없어. 너도 똑같이 죽게 될 거야."

몸 전체를 강기로 둘러 앞에 존재하는 것이면 뭐든 박살을 내버리는 가공할 비기가 존재할 줄이야. 엘리나이젤이 피하려 했지만 그녀는 이미 그의 지척으로 접근해 있었다.

'크으! 이런······.'

피할 수 없다는 생각이 들자 엘리나이젤의 안색에 절망이 어렸다. 이제 조금 전 아르나가 죽었던 것처럼 그 역시 정령 하트가 박살 나 죽게 될 것이다.

"멈춰라! 요녀야!"

그때 짙푸른 광채 하나가 리디아를 향해 날아왔다. 흠칫 놀란 리디아가 신형을 정지시켜 그것을 피한 후 자신을 향해 달려오는 금발의 중년 사내를 노려봤다.

"오러 블레이드 웨이브라? 제법인걸?"

"흐흐! 이것 참 우습군. 그토록 고대하던 걸 죽기 전에야 깨닫다니 말이야."

다름 아닌 알렌이었다. 검신에 응축된 오러 블레이드를 원거리로 날려 보내는 경지는 그가 상급 소드 마스터가 된 이후에 각고의 노력을 해도 도무지 이룰 수 없는 경지였다.

그러나 그야말로 눈 뜨고 볼 수 없는 참상이 눈앞에서 벌어진 충격 때문인 것일까? 아니면 그 어떤 상황에서도 딸 루인을 보호하겠다는 그의 필사적인 의지 때문인 것일까?

놀랍게도 그는 본능적으로 오러 블레이드를 발출해 날려 보내는 데 성공했던 것이다.

그뿐만 아니라 그가 응축시킨 오러 블레이드의 위력도 몇 배 강력해졌다. 일시지간 그는 상급 마스터의 경지에서 최상급 마스터의 경지로 한 단계 상승했기 때문이다.

그가 호수 위로 달려온 것은 그러한 깨달음이 있기 전이었다. 아르나와 엘리나이젤이 밀리는 모습을 보고는 그들을 도와야겠다는 생각이 들어서였다.

물론 그들 중 누구도 알렌보다 약한 존재가 없기에, 알렌은 자신이 가 봤자 별다른 도움이 되지 않는다는 사실을 잘 알고 있었다.

그러나 작은 손이라도 보태지 않으면 루인이 위험해진다는 사실이 그를 불안하게 만들었다. 아르나와 엘리나이젤이 죽으면 루인을 보호해 줄 존재가 모두 사라져 버리니 그 후로는 참혹한 일이 벌어질 것이 자명한 일이었다.

알렌이 달려가자 탈룬도 그 뒤를 따랐다. 탈룬은 알렌처럼 수면 위를 딛고 달리는 경지에 이르지 못했기에, 수영을 하면서 쫓아왔다.

그렇게 두 인간이 격전의 자리로 접근하는 것을 리디아는 알고 있었지만 본체만체했다. 그녀의 눈에 그들은 한낱 벌레와 같이 존재감이 없어 보였기 때문이었다.

그런데 그 잠깐 사이에 알렌에게 엄청난 각성의 순간이 도래할 줄 어떻게 알았겠는가.

특히나 그토록 믿었던 물의 정령 아르나가 무력하게 죽는 순간 알렌의 뇌리에서는 거대한 폭발이 일어났다. 그 즉시 그는 자신의 한계를 돌파했고, 한 단계 경지가 상승하게 된 것이다.

"사악한 요녀! 내 몸이 부서지는 한이 있더라도 이 자리에서 널 죽여 버리겠다.”

알렌은 자신의 경지가 상승한 것에 미칠 듯 기뻤지만 지체하지 않고 공격을 가했다. 그는 마나를 전력으로 끌어올려 오러 블레이드 웨이브를 날렸다.

파앗—

리디아가 신형을 우측으로 이동하며 그것을 피하자 알렌은 기다렸다는 듯 그녀를 향해 달려가 롱소드를 휘둘렀다. 푸른 광채에 휩싸인 롱소드의 검영들이 빗발치듯 날아갔다.

스파팟— 파파파파!

고바 제국 최강의 검사들이 모인 황궁의 근위 기사단 출신답게 그의 검술은 화려하면서도 완벽했다. 그의 폭풍 같은 검세에 리디아가 미처 반격할 틈을 찾지 못하고 뒤로 계속 물러났다.

“크흐! 여기도 있다, 요녀!”

그때 리디아의 뒤쪽에서 거대한 할버드가 날아들었다. 놀랍게도 할버드의 창날에는 남빛의 오러 블레이드가 생성되어 있었다.

그것을 본 알렌의 두 눈에 경악이 어렸다. 지금껏 마스터의 벽을 통과하지 못해 전전긍긍하던 탈룬이 드디어 그 벽을 통과할 줄이야. 알렌뿐 아니라 탈룬에게도 기적 같은 일이 벌어진 것이다.

물론 알렌의 최상급 오러 블레이드에 비하면 아주 보잘것없는 위력을 가지고 있어, 사실상 리디아의 몸에 적중한다 해도 그녀에게 별다른 피해를 줄 수 없지만, 그것만으로도 탈룬은 하늘을 얻은 듯 기뻤다.

그는 자신의 주군인 알렌이 사지를 향해 달려가는 것을 보고 혼신의 힘을 다해 따라온 것이었다. 그 또한 그러한 필사적인 마음이 그가 가진 한계를 돌파하게 만든 것일까?

그사이 훌쩍 신형을 날려 알렌과 탈룬의 공세를 피한 리디아가 인상을 찡그렸다.

"흥! 이래서 인간들은 정말 짜증 난다니까. 어떻게 조금 전까지 벌레처럼 약했던 녀석들이 갑자기 강해질 수 있는 거야?"

정령이나 드래곤, 심지어 마족들에게도 이는 불가능한 일이었다. 물론 태어나서 성체가 될 때까지는 계속 능력의 증진이 이루어지지만, 어느 순간에 이르면 능력의 변화는 거의 없었다.

그런데 수명이 고작 백 년도 되지 않은 인간들에게는 지속적으로 자신의 한계를 돌파할 수 있는 능력이 있으니 이게 말이 되는가?

"오호호홋! 너희들은 알고 있느냐? 우리 아빠 너희들의 바로 그런 점이 짜증 나서 너희 인간들을 죽여 버린다는 걸."

리디아는 특히 알렌이 마음에 들지 않았다. 조금 전까지만 해도 알렌은 정령인 아르나나 엘리나이젤에 비할 수도 없이 약했다.

그런데 단 한 번의 각성으로 능히 그들에 버금가는 수준까지 올라온 것이었다.

그것이 그녀로서는 도무지 믿기지 않았다. 설령 각성을 한다 해도 미미한 전투력의 증진이 있어야 정상이지, 어찌 단번에 이토록 엄청난 한계를 돌파해 버린다는 말인가?

사실 인간들에게 그러한 신비한 각성의 능력이 있다는 사실을 리디아는 잘 알고 있었다. 보통은 수련을 통해 점진적으로 강해지지만, 간혹 지금처럼 특별한 각성을 통해 순식간에 강해지기도 한다는 것을.

고대로부터 마족들은 인간들을 연구해 왔다. 인간들을 멸망시키기 위해서는 인간에 대해 잘 알아야 하기 때문이다. 그러다 보니 사실 마족들만큼 인간들에 대해 잘 알고 있는 이들은 없을 것이다. 인간 자신도 모르는 것을 마족들은 알 정도니까.

인간들의 수명이 짧은 만큼 그들의 삶은 매우 치열하고, 그들의 수련은 더욱 치열하다.

그러다 보니 지금처럼 한번 각성을 이루면 그동안 누적되어 있던 치열한 수련의 힘들이 모조리 반영되어 그야말로 엄청난 능력의 증진이 이루어지는 것이었다.

물론 대부분의 인간들은 그러한 각성을 하지 못한다. 백 년도 안 되는 짧은 수명 속에서 그저 고된 현실의 무게에 허덕이다 죽음을 맞이하기 때문이다.

그러나 예외가 존재하니 문제였다.

물론 그 예외는 정말로 삶을 치열하게 살며, 특히 수련을 치열하게 한 극소수의 인간에게만 해당되는 기적과 같은 일이지만, 바로 그 소수의 인간들에 의해 고대로부터 마족들이 얼마나 골치를 썩였는지 모른다.

게다가 그들 중에 아주 특별한 인간들은 인간 자체의 한계를 지속적으로 돌파해 그 수명과 능력이 드래곤이나 마족을 초월하는 경우도 생겨났다.

그들이 바로 하나의 세계 혹은 수많은 세계들의 수호자로 군림하며, 이른바 절대 용자라 불리는 초월자들이었다.

유레아즈가 다스리는 마계의 영역과는 아득히 멀리 떨어져 있는 그야말로 머나 먼 차원의 영역에서 벌어진 일이지만, 어떤 마왕들은 절대 용자들에 의해 영원한 봉인을 당하거나 심지어 죽임을 당했다는 전설도 있었다.

물론 리디아는 그와 같은 절대 용자의 전설은 그저 말도 안 되는 헛소문일 뿐이라 생각하고 있었다. 용자라 자칭하던 녀석들이 마족들에게 무참히 죽임을 당하는 광경도 적지 않게 목격했기 때문이다.

아무튼 그렇다 해도 인간이라는 존재는 그녀에게 심히 거슬렸다.

특히 지금처럼 고작 인간들 중 상급의 마스터에 불과했던 알렌이 각성을 통해 최상급 마스터의 경지에 오른 것이나, 평범한 보통의 전사에 불과했던 탈룬이 마스터의 경지에 오른 것을 직접 목격하고 나니, 리디아의 인간들에 대한 경계와 증오는 더욱 커질 수밖에 없었다.

곧바로 리디아의 두 눈에서 시뻘건 혈광이 번뜩였다. 그것은 그녀가 누군가를 죽이고자 할 때 나타나는 살광이었다.

"오호호홋! 실로 안타깝구나. 네가 용케 각성을 해서 제법 강해지게 되었다만, 하필이면 내 눈에 띈 것이 문제야. 나는 너와 같은 인간들이 세상에 존재하는 걸 두고 볼 수 없거든."

알렌은 코웃음 쳤다.

"어차피 죽을 각오를 하고 왔다. 하지만 순순히 목숨을 내줄 생각은 없다. 능력이 있으면 가져가 보아라."

그러자 리디아는 가소롭다는 표정을 지었다. 알렌이 강해지긴 했지만 그래 봤자 그녀의 일초지적도 되지 않았다.

"호호! 물론 능력은 충분하지. 그냥 쉽게 죽일 수도 있지만, 특별히 네가 얼마나 보잘것없는 존재인지를 깨닫게 해 주마."

그녀는 아공간에서 단검 두 자루를 꺼내 양손에 각각 쥐었다.

거무튀튀한 검신을 가진 두 자루의 단검.

비록 마왕의 애병이자 가디언인 마검 케이우스에 비할 수는 없지만, 적어도 마검이라 부르기에는 부족함이 없는 무기였다.

그 단검들을 손에 쥐는 순간 그녀로부터 풍기는 가공할 살기에 알렌은 숨이 멎을 듯했다. 그러나 그는 이를 악물고 전력을 다해 보기로 했다.

어차피 죽음은 각오했다. 죽기 전에 그토록 원하던 한계도 돌파했으니 검을 쥔 무인으로서 이만한 행운도 없었다.

그러나 그에게 있어 그보다 더욱 중요한 것은 바로 딸 루인을 지키는 것이었다. 그리고 저 소름 끼치는 마족으로부터 루인을 지키는 방법은 오직 하나뿐이었다.

조금이라도 시간을 끌어야 한다는 것!

어떻게든 트레네 숲의 로드인 무혼이 이곳에 올 때까지 시간을 벌 수만 있다면 딸 루인을 지킬 수 있는 것이었다.

'허허! 루인, 부디 행복하거라. 이 아빠 너만 행복하다면 지금 죽어도 여한이 없단다.'

알렌은 마지막으로 루인을 향해 따뜻한 미소라도 지어 보이고 싶었지만 지금은 그럴 만한 여유가 없었다. 저 소름 끼치는 마족 리디아에게 약간의 빈틈이라도 보일 경우 그 즉시 끝장이니까.

'로드! 부디 루인을 잘 부탁하오……'

알렌은 자칫 머뭇거리다가는 저항도 못 해 보고 죽을 수도 있다는 생각에 선공을 가하기로 했다.

"받아랏!"

알렌의 신형이 리디아의 전면으로 쏘아져 나갔고 그보다 빨리 그녀의 정수리를 향해 짙푸른 검영이 수직으로 내리꽂혔다. 마치 섬전처럼 내리 떨어지는 알렌의 공격 앞에 리디아의 몸은 반 쪽이 나는 것을 면하기 힘들어 보였다.

파아앗—

그러나 리디아는 싸늘히 웃더니 왼손의 단검을 들어 너무도 쉽게 알렌의 공격을 막아내는 것이었다.

쾅!

롱소드와 단검이 부딪치며 폭음이 일었다.

"크윽!"

그 충격에 알렌은 뒤로 쭉 밀려났다. 리디아가 공격을 한 것도 아니고 그저 단검을 들어 방어를 했을 뿐인데, 알렌은 단검에서 일어나는 반탄력만으로도 마나가 역류하는 듯한 충격을 입고 말았다.

"호호! 어때? 이제야 네가 얼마나 보잘것없는지 알겠느냐?"

멀찍이 서 있던 리디아가 번쩍 알렌의 눈앞으로 이동하며 단검을 휘둘렀다. 알렌은 반사적으로 롱소드를 들어 막았다.

쉬컥!

놀랍게도 오러 블레이드가 생성되어 있는 롱소드의 검신이 무 잘리듯 반 토막 나버렸다. 알렌이 놀랄 사이도 없이 리디아의 쌍 단검이 바람처럼 움직였다.

쉬커커커컥!

롱소드의 검신이 계속해서 잘려나가고 있었다. 리디아는 마치 고기를 얇게 썰 듯 검신을 썰고 있었다. 어느 순간 알렌이 들고 있던 롱소드의 검신 자체가 사라져 버렸다.

"으으!"

알렌은 창백해진 안색으로 뒷걸음질 쳤다. 리디아는 단검으로 그녀의 신비로운 남색 머릿결을 슥 쓸어 넘기며 싸늘히 웃었다.

"호호! 이걸 어째? 검이 사라졌잖아? 그럼 이제 검 대신 네 몸이 그렇게 썰릴 차례겠구나."

그 순간 리디아의 뒤쪽에서 거대한 할버드의 도끼날이 날아들었다.

"크하하하하! 감히 누구를 썬다는 말이더냐? 죽어랏, 이 요녀야!"

그사이 다가온 탈룬이 혼신의 힘을 다해 일격을 날린 것이었다.

쒸익!

오러 블레이드의 광채로 빛나는 도끼날이 번개처럼 리디아의 목으로 파고들었지만, 아쉽게도 그것은 리디아의 단검에 무력하게 가로막혔다.

쾅!

단검으로부터 일어난 가공할 반탄력에 탈룬의 몸이 번개라도 맞은 듯 세차게 떨렸다. 할버드가 먼지처럼 부서져 버렸다.

"쿠어억!"

입에서 피를 토하며 뒤로 쭉 밀려나가던 탈룬이 문득 알렌을 쳐다보더니 특유의 밝은 웃음을 지었다. 그는 자신의 최후가 도래했다는 것을 본능적으로 느꼈기에 그간 충성을 바친 알렌 백작을 향해 마지막 충정의 미소를 보낸 것이었다.

알렌이 불안한 표정으로 외쳤다.

"탈룬!"

"크헤헷! 저는 괜찮습……"

탈룬은 그 말을 마치지 못했다. 그의 몸이 돌연 퍽 터져 버린 것이다.

Chapter 2

소멸의 붕멸

"탈룬!"

눈앞에서 탈룬이 처참하게 죽는 장면을 목격한 알렌은 제정신이 아니었다. 탈룬은 그의 기사이자 부하였지만 사실 그에게 있어 친구와 같았고 형제나 다름없는 녀석이었다.

"크흑! 탈룬, 네가 그렇게 죽다니……."

탈룬은 죽을 줄 알면서도 알렌을 구하겠다고 뛰어들었다. 마지막 죽는 순간에도 의연한 미소를 보여주었다. 그런 그의 몸이 터져 나가며 비참하게 죽는 장면을 목격했으니 알렌이 어찌 정신을 차릴 수 있겠는가.

곧바로 리디아를 노려보는 알렌의 두 눈에 불똥이 튀었다.

"크으! 이 사악한 요녀! 죽어서도 너를 용서하지 못한다."

그러자 리디아가 인상을 험악하게 구겼다.

"시끄럽군. 이젠 네 차례다. 그깟 부하 하나 죽었다고 징징 대긴."

곧바로 리디아의 몸이 알렌을 향해 화살처럼 쏘아졌다. 눈 깜짝할 사이에 알렌의 지척에 이르는 그녀는 더 이상 볼 것 없 다는 듯 가차 없이 알렌의 목을 향해 단검을 휘둘렀다.

휙!

그러나 그녀의 단검은 허공을 갈랐을 뿐이었다. 그사이 알 렌의 몸은 호숫가로 이동해 있었다. 엘리나이젤이 잽싸게 알 렌의 몸을 빼낸 것이었다.

어리둥절한 표정의 알렌을 향해 엘리나이젤이 녹색 검신의 롱소드 한 자루를 다급히 건넸다.

"받으시오, 알렌 백작."

"이 검은?"

"고대에 만들어진 엘프족의 보검인 엘그리튼이오. 약간이지 만 성력이 깃들어져 있으니 그걸 사용하면 쉽게 당하지 않을 거요. 부탁이오. 절대 죽지 마시오."

알렌은 엘리나이젤이 왜 이 귀한 보검을 자신에게 건네는지 어렵지 않게 짐작할 수 있었다. 로드 무혼이 올 때까지 최대한 죽지 않고 시간을 끌려면 알렌이 쉽게 당해서는 안 되기 때문이리라.

따라서 알렌은 사양하지 않고 받았다. 이 보검의 위력을 빌어 사악한 요녀가 들고 있는 단검에 맞설 수만 있다면 그 역시 웬만큼은 시간을 끌 자신이 있기 때문이었다.

"으득! 너를 절대 용서하지 않겠다!"

성검 엘그리튼을 손에 쥔 알렌의 두 눈에는 노기가 가득했다. 그는 당장이라도 달려가 탈룬의 복수를 하고 싶었다. 저 사악한 마족 리디아를 갈기갈기 찢어 죽여야 속이 시원할 것 같았다.

그러나 그것이 불가능한 일임을 알렌이 어찌 모르겠는가. 섣불리 경거망동을 하다간 그저 허무한 죽음을 맞이할 뿐이었다. 지금으로선 엘리나이젤과 호흡을 맞춰 최대한 시간을 벌어 보는 수밖에 없었다.

바로 그때 멀리서 그들의 모습을 지켜보던 엘프들과 거족들이 결연한 눈빛으로 각자의 무기를 빼어 든 채 달려왔다.

엘프 검사 오네트와 자이언트 오크 라개드, 그리고 갈색 머리의 청년 한스가 선두에 있었다. 그들은 언데드 드래곤들의 무자비한 공격 속에서 간신히 살아남았지만, 지금 같은 상황에 몸을 사리고 싶은 생각은 없었다.

"우리도 돕겠습니다."

"취익! 취익! 죽음 따윈 두렵지 않습니다."

그들의 뒤로 환한 빛을 발출하고 있는 현자 루인이 실피의 부축을 받으며 걸어왔다. 아르나와 탈룬의 죽음으로 슬픈 기색이 역력했지만 그녀의 눈빛 역시 이글거리며 불타올랐다.

"저 또한 돕겠어요."

"루인! 넌 위험하다. 뒤로 비켜 있거라."

알렌이 깜짝 놀라 외쳤다. 루인은 고개를 흔들었다.

"물러날 곳은 없어요. 지금은 모두가 힘을 합쳐야 해요."

그 말과 함께 루인은 지팡이를 하늘로 들어 올리며 뭐라고 주문을 외웠다.

사라랑—

지팡이로부터 시원한 연녹색의 빛이 일어나더니 알렌을 비롯한 모두의 몸을 감쌌다. 그 빛이 몸을 감싼 순간 알렌 등은 긴장과 두려움으로 고동치던 마음이 차분히 가라앉는 것을 느꼈다.

이는 빛 속성의 최상급 마법으로 두려움, 공포와 같은 감정으로부터 마음을 보호해 주며, 각종 사악한 저주에 대한 면역이 생기는 효력이 있었다. 모두의 마음이 갑자기 편안해진 이유가 그 때문이었다.

그러나 알렌은 이내 씁쓸한 표정으로 루인에게 말했다.

"더 이상 무리하지 말거라, 루인."

"저는 괜찮아요, 아빠."

루인은 애써 미소를 지어 보였다. 그러나 그녀의 안색은 매우 창백했다. 몸이 회복되지 않은 상황에서 무리하게 최상급 마법을 펼친 까닭이었다.

우르르르! 콰르릉!

콰지직! 쿠콰콰콰쾅!

여전히 까마득한 상공에서는 포티아와 케이우스의 격전이 벌어지고 있었다. 그로부터 일어난 굉음들은 마치 하늘이 무너져 내릴 듯한 두려움을 주었지만, 루인이 펼친 마법으로 인해 모두들 비교적 차분한 마음을 되찾았다.

그런데 그사이 리디아의 모습이 어디론가 사라지고 보이지 않았다. 모두가 의문을 표하는 순간 수면 위로 리디아가 솟아올랐다.

촤아악!

그녀의 손에는 갈색 머리를 가진 한 사내의 머리가 들려 있었다. 그것은 이내 그녀의 손에서 먼지처럼 부서져 버렸다.

"그 동굴 속에 몰래 숨어 있으면 모를 줄 알았더냐? 덕분에 마정석을 제법 챙겼군. 호호호! 그 아래 마정석들이 그토록 잔뜩 있을 줄 몰랐는데 말이야."

리디아는 그 잠깐 사이 하늘 호수 지하에 위치한 마정석 광산의 마정석들을 모조리 챙겨 버린 것이었다. 그곳을 지키던 땅의 정령들이 어떤 꼴을 당했는지는 말하지 않아도 충분히 짐작할 수 있었다. 최상급 정령인 츠베르크도 죽임을 당한 터였으니까.

그러다 리디아는 루인이 펼친 퓨어 스피릿이라는 마법에 의해 모두의 표정이 차분하게 변해 있는 것을 보고 가소롭다는 듯 코웃음을 치며 다가왔다.

"흥! 지금 상황에 그따위 것이 무슨 도움이 될 것 같으냐? 나의 손짓 한 번이면 너희들은 몽땅 죽는다. 차라리 내게 살려 달라고 애걸하는 게 어때? 그럼 살려 줄 수도 있는데."

알렌이 발끈하며 외쳤다.

"닥쳐라! 그 누가 네년 따위에게 목숨을 구걸한다는 말이냐."

그러자 리디아가 기이한 미소를 지으며 말했다.

"과연 그럴까? 자, 너희들 중 누구든 내게 충성을 바치겠다고 맹세하면 살려 주마. 우후훗, 난 이로이다 대륙을 지배하는 주인이 된다. 누구든 나의 부하가 되면 뭐든 누리며 살 수 있게 될 거야."

그러나 엘프들과 거족들 중 누구도 리디아의 말에 동요하는 이들은 없었다. 리디아가 미간을 찌푸리며 하나를 지목했다.

"다들 눈치를 보느라 선뜻 나서지 못하는가 보군. 거기, 덩치 큰 오크?"

"취익, 나 말이냐?"

리디아가 가리킨 이는 자이언트 오크 라개드였다. 리디아가 의미심장한 미소를 지으며 말했다.

"그래. 네 인상이 마음에 드는구나. 네가 날 따르면 살려줄 뿐만 아니라 매일 신선하고 맛있는 고기를 먹게 해 주마. 또한 동대륙의 오크들을 네 발 아래 두고 통치하게 해 줄 수도 있어. 어때?"

그러자 라개드가 잡아먹을 듯 사나운 눈초리로 리디아를 노려봤다.

"취익! 닥쳐! 친구와 동료들을 죽이고 숲을 짓밟은 너 따위에게 충성을 맹세하느니 죽음을 선택하겠다."

그 말에 리디아가 인상을 찌푸렸다.

"넌 죽음이 두렵지 않으냐? 내가 손짓 한 번만 하면 너의 머리는 몸통이랑 분리되게 될 거야."

라개드의 두 눈이 더욱 사납게 번뜩였다.

"취익! 너는 날 죽일 수 있겠지만 날 두렵게 하지는 못한다. 어디 죽여 봐. 크드득! 만일 내게 너를 죽일 수 있는 힘이 생긴다면 너의 머리부터 발끝까지 와작와작 씹어 먹어버릴 테다."

리디아의 인상이 더욱 일그러졌다.

'저따위 오크 놈이 감히!'

비록 능력은 보잘것없었지만 한낱 자이언트 오크 따위에게 느껴지는 기개치고는 매우 쓸 만하기 짝이 없었다. 상급 마족이나 최상급 마족 중에도 죽음 앞에서 저리 당당한 모습을 보이는 이들은 보지 못했기 때문이다.

"그럼 너는 어때? 나는 서대륙의 모든 나라를 없애고 하나의 제국으로 만들 거야. 네가 만일 내게 충성을 맹세하면 서대륙의 황제로 삼아주마."

리디아가 이번에는 한스를 가리키며 말했다. 한스가 침을 퉤 뱉으며 대답했다.

"지랄! 개 짖는 소리가 차라리 듣기 좋겠군."

"무엇이?"

"헛소리 말고 날 죽일 테면 죽여라. 너 따위에게 충성을 맹세할 바엔 이 자리에서 칼을 물고 죽겠다, 이 사악한 요녀야!"

리디아의 인상이 참담하게 일그러졌다.

"바보 같은 놈들이군. 개죽음을 당하느니 살아서 영광을 누리는 걸 선택하는 게 나을 텐데 말이야."

그 순간 바람의 정령 실피가 코웃음 치며 말했다.

"흥! 멍청한 년! 네가 우리 모두를 죽인다 해도 누가 눈 하나 깜빡이라도 할 줄 아느냐? 마스터께서 돌아오시면 넌 끝장이야."

"오호호홋! 걱정 마. 너희들에 이어 그놈도 죽게 될 테니까."

"마스터를 죽여? 미쳤구나. 넌 건드릴 만한 사람을 건드렸어야 했어. 하긴, 마스터가 어떤 분인 줄 네가 알았다면 이런 짓을 감히 할 생각도 못 했겠지만."

순간 리디아의 두 눈에서 혈광이 번뜩였다.

"흐음? 그래? 그러고 보니 내가 쓸데없이 잡소리만 지껄였나 보구나. 그럼 어디 하나씩 죽어가는 걸 보고도 그리 당당할 수 있나 보자."

"닥쳐라, 요녀야! 목을 내놔랏!"

갑자기 알렌의 호통과 함께 번쩍 날아간 광채가 리디아의 뒷목으로 파고들었다.

푸학!

리디아가 실피 등과 대화를 나누는 동안 알렌은 빈틈을 노려 회심의 일격을 가한 것이었다. 그것이 적중하자 알렌의 안색이 환하게 밝아졌다.

'후후, 성공이다. 요녀를 죽였다.'

알렌은 성검 엘그리튼의 검신이 리디아의 뒷목을 관통하다 못해 앞으로 삐져나온 이상 그녀가 아무리 대단한 능력을 지닌 마족이라 할지라도 살아날 수 없다고 확신했다.

그 순간 리디아의 머리가 그대로 홱 뒤로 돌아가더니 알렌을 노려봤다. 알렌이 경악하며 뒷걸음질 쳤다. 심상치 않은 느낌에 성검 엘그리튼을 빼려 했으나 리디아의 목에 박힌 그 검은 꿈쩍도 하지 않았다.

그러다 보니 아주 기괴한 장면이 벌어졌다. 알렌이 뒷걸음
질 치자 리디아는 목이 꿰뚫린 그대로 뒷걸음질 치며 따라오
고 있었던 것이다. 뒷걸음질이지만 마치 정면으로 걷는 듯 너
무도 태연한 자세였다.

그야말로 꿈에 볼까 두려울 정도로 섬뜩한 장면에 모두의
가슴이 서늘해지고 말았다. 어떻게 목이 꿰뚫리면서도 살아
있으며, 심지어 목이 돌아가고도 멀쩡할 수 있다는 말인가?

그때 리디아가 알렌을 향해 키득거리며 말했다.

"오호호홋! 네가 한 가지 착각한 게 있어. 겉모습이 비슷하
니 인간과 마족의 신체가 같은 구조를 가지고 있다 생각하는
가 보구나. 하지만 절대 같은 게 아니란다."

"크윽! 닥쳐라."

알렌은 이를 악물고 검신에 마나를 주입했다. 그가 가진 전
력을 다해 오러 블레이드를 생성시킨 후 힘차게 검을 잡아 뺐
다.

추아악!

순간 리디아의 목이 그대로 잘려나가며 그녀의 머리가 허공
으로 솟구쳐 올랐다. 그러나 그 순간 목 잘린 리디아의 몸체
가 그대로 알렌을 향해 파고들며 단검을 휘두르는 것이 아닌
가?

"허억!"

알렌이 기겁하며 피했지만 그사이 그의 왼팔이 잘려 바닥으로 툭 떨어져 버렸다.

푸학!

"크으윽!"

팔이 잘린 어깨에서 피가 분수처럼 터져 나갔다. 알렌은 아픔을 느낄 사이도 없이 그의 목을 향해 날아드는 리디아의 단검을 피하려 허리를 숙여야 했다.

그 순간 리디아의 무릎이 알렌의 안면을 찍었다.

콰직!

"크억!"

무참하게 목이 확 뒤로 꺾인 채 뒤로 나동그라지진 알렌의 얼굴은 한쪽이 거의 함몰되다시피 피투성이가 되어 있었다. 알렌은 그 상황에서도 훌쩍 한 바퀴 몸을 회전하며 일어났다.

"아, 아빠!"

루인의 뾰족한 비명이 들렸다. 알렌은 루인을 향해 씩 웃어주었다.

"후후! 거……걱정마라, 루인. 아빠 이 정도로 죽지 않는다."

왼팔이 날아가고 오른쪽 안구가 터져 버린 상태였지만 그의 투혼은 죽지 않았다. 그는 오른손에 쥔 성검 엘그리튼을 앞세우고 리디아의 몸체를 향해 한 걸음 한걸음 전진했다.

상공에 둥둥 떠 있는 리디아의 머리가 그런 알렌을 보며 깔깔거렸다.

"오호호홋! 제법이다만 어디, 오른팔이 날아가고도 그런 기개를 보이나 볼까?"

머리가 없는 상태인데도 리디아의 몸체는 움직임에 그 어떤 제한이 없었다. 오히려 더 쾌속해진 느낌이었다. 그러다 보니 알렌은 섣불리 그녀 곁으로 접근하기 힘들었다.

"치유의 빛—!"

그때 루인이 아빠 알렌을 향해 다급히 회복 마법을 펼쳤다. 그러자 알렌은 통증이 멎고 시야가 훨씬 밝아진 느낌에 씩 미소를 지었다.

"크하하하! 역시 우리 딸밖에 없구나. 하지만 아빠 괜찮으니 더 이상 마나를 소모하지 말거라."

그 와중에도 루인을 걱정하는 알렌이었다. 그 모습을 본 리디아의 머리가 루인을 홱 노려보며 혈광을 번뜩였다.

"흥! 성가신 빛의 현자부터 죽여야겠군."

그녀의 두 눈에서 붉은빛이 광선처럼 쏘아져 루인을 향해 날아왔다.

쾅! 콰앙!

엘리나이젤이 실드를 형성해 그것들을 막았다. 리디아가 마치 소나기처럼 광선을 날려 댔기에 엘리나이젤의 안색은 점점 창백해져 갔다. 그가 가진 정령력도 거의 소진되어 가고 있었다.

"다크 윈드 커터!"

바로 그 순간 상공에 떠 있는 리디아의 머리를 향해 엘프 중 하나가 어둠 바람의 칼날이라는 공격 마법을 펼쳤다.

쒸! 쒸이익!

쇠라도 잘라 버리는 강력한 바람의 칼날들이 리디아의 머리에 작렬하는 순간, 비명은 그 마법을 펼친 엘프에게서 터져 나왔다.

"아아악!"

그녀는 온몸이 갈기갈기 찢어진 채 죽어 있었다. 그녀가 펼친 다크 윈드 커터에 오히려 그녀가 죽임을 당한 것이었다. 엘리나이젤이 안타까운 표정으로 다급히 외쳤다.

"저 요녀에게는 공격 마법 반사의 능력이 있으니 절대로 공격 마법을 함부로 펼쳐서는 안 된다."

엘리나이젤이 리디아를 상대하는데 별다른 힘을 쓰지 못하는 이유가 바로 그것 때문이었다.

상대의 공격 마법을 그대로 되돌려 준다!

오히려 그 마법의 위력이 강하면 강할수록 시전자에게 더욱 끔찍한 재앙이 임하게 된다. 아까 엘리나이젤이 자신이 펼친 구속의 넝쿨에 역으로 당했던 것도 리디아가 가진 가공할 마법 반사 능력 때문인 것이다.

그러자 엘프 메이지들이 두려움에 떨며 캐스팅을 멈췄다. 트롤 모리스도 한 몫 거들어 보겠다고 주술 주문을 외우다 황급히 중지했다.

마법이 통하지 않다니!

그렇다면 지금으로서 그나마 리디아를 상대로 조금이라도 버틸 수 있는 상대는 오직 알렌 백작뿐이었다. 엘프 검사들이 남아 있지만 그들은 마스터의 근처도 못 가본 풋내기 검사들이었다. 거족들의 실력도 그들과 별반 차이가 없었다.

"치유의 빛! 치유의 빛—!"

한편 루인은 눈물을 비처럼 뿌리면서 아빠 알렌을 향해 필사적으로 그녀가 가진 치유 마법을 펼치고 있었다.

지금 그녀는 자신의 몸에 무리가 가는 것 따위는 문제가 아니었다. 한 팔과 한 눈을 잃고 피투성이가 되어 있는 아빠 알렌을 보며 그녀가 어찌 손 놓고 있을 수 있겠는가.

루인에게는 지금처럼 알렌의 팔이 잘렸다 해도 즉시 잘린 팔을 어깨에 붙이고 주문을 외우면 어렵지 않게 회복시킬 수 있는 능력이 있었다.

그러나 리디아는 알렌에게 그럴만한 여유를 주지 않았다. 머리가 없는 그녀의 몸체는 바람처럼 쾌속하게 움직이며 알렌을 한껏 조롱하고 있었다.

스컥! 쉭! 스컥!

"크억!"

알렌의 몸은 난자당하고 있었고, 땅에는 그가 흘린 붉은 피가 흥건히 뿌려져 있었다. 벌써 수십 번은 더 바닥으로 쓰러져야 했겠지만 그나마 지금 그가 버틸 수 있는 건 딸 루인이 펼쳐준 회복 마법 때문이었다.

그러나 그것도 한계가 왔다. 그는 앞이 어질어질했고 한쪽만 남은 시야에는 흑막 같은 것이 생겨나 이젠 아무것도 보이지 않았다. 그는 그저 본능적으로 오른팔을 휘두를 뿐이었다.

"회복의 빛! 회복의 빛……!"

그러한 와중에도 지속적으로 그를 향해 회복을 위한 치유의 빛이 흘러들어 오고 있음을 느꼈다. 딸 루인이 그녀의 생명력을 소진해 가면서도 끊임없이 마법을 펼치고 있는 것이었다. 제발 그만두라 말하고 싶었지만 그런 말을 할 힘조차 남아 있지 않았다.

푸학!

그때 그는 자신의 오른팔이 허전해진 것을 느꼈다. 이미 예상했던 일이었다. 이미 전신이 난자된 데서 온 고통이 너무 컸기에 팔이 잘려도 그러려니 싶었다. 고통보다는 정신이 흐려지는 게 문제였다.

'루인! 이 아빤 더 이상 버틸 힘이 없구나……'

말조차 나오지 않는다. 최선을 다했지만 딸을 지키지 못한 것 같아 그는 슬프게 무릎을 꺾었다. 그리고 그렇게 넘어간 그의 목을 리디아의 단검이 무참하게 베어 버렸다.

툭!

"아앗! 아빠……!"

바닥으로 굴러떨어지는 아버지 알렌의 머리를 보며 루인은 급기야 혼절하고 말았다. 무리하게 마나를 운용한 데 이어 부친의 처참한 죽음까지 목격하니 그녀가 아무리 현자라 해도 심적 충격을 이기기 힘들었으리라.

"루인 님!"

바람의 정령 실피가 루인을 부축했다. 실피는 루인의 몸에서 발산되는 빛이 점차 흐려지고 있는 것을 보고 다급한 표정을 지었다.

그 빛이 사라지면 숲을 잠식한 어둠에 의해 이곳도 캄캄해질 것이다. 그 빛으로 인해 감히 접근하지 못하고 있는 언데드 드래곤들이 곧장 들어와 무참한 살육을 자행할 것은 당연한 일이었다.

그러나 어차피 언데드 드래곤들이 들어오지 않는다 해도 리디아에 의해 모두 죽을 상황이었다.

알렌이 쓰러지자 리디아의 몸체는 엘리나이젤을 향해 덤벼

들었고, 이미 정령력이 거의 소진된 엘리나이젤은 단검들에 난
자당해 쓰러지기 직전이었다.

"크으윽!"

급기야 엘리나이젤의 목이 잘려 바닥으로 굴러 떨어지고 엘
프들과 거족들이 피떡이 되어 사방으로 날려 갔다. 상공에 있
던 머리가 몸체에 붙어 다시 멀쩡한 본래의 모습으로 돌아온
리디아가 성큼성큼 다가오자 실피는 재빨리 루인의 몸을 들
고 달아났다.

휘이이이—

리디아를 피해 달아난다는 것은 불가능한 일임을 알고는
있지만 그래도 멀뚱히 서 있다가 당할 수는 없는 일. 실피는
전력을 다해 움직이며 시간을 끌어보려 했다.

"흥! 감히 어딜."

팟—

리디아의 단검이 빛을 뿌리는 순간 실피의 몸이 부르르 떨
렸다. 실피의 표정이 굳어졌다가 이내 희미한 미소를 떠올렸
다.

'마스터 덕분에 제가 하급 정령에서 상급 정령도 돼 보고,
죽어도 여한은 없네요. 시원스레 복수는 해 주시겠죠? 그동안
즐거웠……'

실피의 몸이 바람이 되어 흩어져 버렸다. 그러자 상공에 떠

있던 루인의 몸이 맥없이 바닥으로 떨어져 내렸다.

키아아아옹!

거대한 괴수로 변해 있던 포티아가 다급히 내려와 루인을 입으로 받았다. 까마득한 상공에서 케이우스와 전투를 벌이면서도 아래 상황을 지켜보고 있었던 것일까?

'이대로는 안 되겠군.'

포티아는 루인을 입에 문 그대로 달아났다. 혼자서 케이우스와 리디아를 상대하는 건 불가능한 일이었기에 차라리 도주를 선택한 것이었다.

"흥! 어딜 달아나느냐? 케이우스, 놈을 막아!"

쿠아아아아아!

검붉은 핏빛의 괴수 케이우스가 포티아의 앞을 가로막았다. 앞쪽에는 케이우스! 뒤쪽에는 리디아가 혈광을 번뜩이며 포티아를 포위했다.

콰르르르르—!

포티아를 향해 케이우스가 입을 쩍 벌리는 순간 핏빛의 액체가 쭉 뿜어져 나왔다. 저 저주받은 액체에 닿게 되면 포티아라 해도 부상을 면키 힘들었다.

포티아의 두 눈에서 붉은 화염과 같은 빛이 쏟아져 나가 핏빛의 액체와 부딪혔다.

콰아아아아앙!

상공이 뒤흔들릴 정도의 거대한 폭음과 함께 포티아가 뒤로 쭉 밀려났다. 루인을 입에 물고 있느라 전력을 다할 수 없는 상황이다 보니 케이우스의 공격에 밀릴 수밖에 없었다.

그 순간 포티아의 몸체에 리디아가 휘두른 단검의 검영들이 무수히 쏟아졌다.

파파파팍—

"끄으으으!"

포티아가 신음을 흘리며 비틀거렸다. 그 순간 앞에서 피의 저주를 펼치던 케이우스가 마검의 형태로 변하더니 빛살처럼 날아와 포티아의 왼쪽 가슴을 뚫고 지나가 버렸다.

콰아앙!

"끄으으으으!"

두 개의 심장 중 하나가 박살 나버렸다. 포티아의 몸이 세차게 떨렸다. 역시 둘의 합공을 받자 빈틈이 노출되어 포티아는 무력하게 당하고 있었다.

이대로 다시 마검 케이우스가 날아와 오른쪽 심장을 파괴하면 포티아는 죽음을 면치 못할 것이다.

'……!'

그런데 절망스러운 표정으로 떨고 있던 포티아의 두 눈이 갑자기 급격히 커졌다. 그는 곧바로 루인을 입에 문 그대로 한쪽 방향으로 도주했다.

"오호호훗! 어딜 달아나느냐, 포티아."

그 뒤를 케이우스와 리디아가 거의 지척에서 추격해 왔다. 그러다 그들은 포티아가 달아나는 방향 전방에서 흑점 하나가 번쩍이는 것을 발견했다.

그 흑점은 마치 순간 이동이라도 하듯 눈 깜짝할 사이에 까마득한 공간을 주파해 오며 확대되었다. 흑색의 바람과 같이 형체를 알 수 없던 그것의 모습은 이내 한 인간의 모습으로 변했다.

키아옹!

그 순간 달아나던 포티아가 갑자기 기세등등한 눈빛으로 리디아를 노려봤다. 다 죽어가며 꼬리를 내리고 도주하던 포티아의 두 눈빛이 어찌 이글거리며 다시 타오른 것일까?

리디아는 그것이 지금 포티아의 옆에 나타난 흑발의 미청년 때문이라는 것을 알 수 있었다. 그가 바로 말로만 듣던 트레네 숲의 로드인 무혼이라는 인간임을 그녀는 한눈에 알아봤다.

그리고 그와 두 눈이 마주친 순간 리디아는 정신이 아득해지는 것을 느꼈다. 마치 그녀의 부친인 유레아즈에게서나 느껴지는 미증유의 중압감이 어찌 일개 인간에게서 뿜어져 나온다는 말인가?

'위, 위험하다!'

그가 자신이 절대로 이길 수 없는 무서운 존재임을 본능적으로 감지한 리디아는 즉시 케이우스에게 명령했다.

"소멸의 붕멸!"

그러자 마검 케이우스가 부르르 떨렸다.

소멸의 붕멸은 곧 케이우스가 가진 최후의 비기이자, 마왕 유레아즈의 가디언들에게는 모두 있는 공통의 비기이기도 했다.

주인이 위험에 처했을 때 가디언은 자신의 생명을 소멸시켜서라도 주인을 구해야 한다! 이것이 바로 소멸의 붕멸이었다.

마왕의 딸인 리디아에게는 케이우스에게 소멸의 붕멸을 명할 권한이 있었다. 케이우스는 일만 년도 넘은 자신의 가디언으로서의 삶이 이대로 끝이 난다는 생각에 몸을 떨었지만, 지체하지 않고 소멸의 붕멸을 시전했다.

Chapter 3

살다 보면 간혹 벌어지는
기이한 일

케이우스가 무혼을 향해 빛살처럼 날아오더니 돌연 앞쪽에서 폭발했다.

콰아아아아아앙!

마치 이로이다 대륙 전체가 흔들릴 것 같은 거대한 굉음과 함께 무혼이 있던 공간 자체가 흔적도 없이 사라져 버리는 듯한 착각이 일었다.

마왕 유레아즈의 애병이자 가디언이었던 케이우스가 스스로의 삶을 포기하고 그의 전력을 담아 폭발했으니 누구라도 그 폭발의 반경에 있으면 결코 무사하지 못했으리라.

그러나 리디아는 보았다. 무혼은 마치 케이우스가 폭발할 것을 알고 있었다는 듯 눈 깜짝할 사이에 포티아를 데리고 뒤로 물러나 그 반경에서 벗어나 버린 것이었다.

'말도 안 돼.'

리디아는 울부짖고 싶은 심정이었다.

'케이우스를 희생시키고도 놈의 털끝하나 건드리지 못했어. 어떻게 이럴 수가!'

그 순간 리디아는 곧바로 결단을 내렸다. 지체하다간 살아남을 수 없다는 생각에 그녀는 아공간에서 흑색의 유리구슬 하나를 빼 들었고, 그 즉시 그것을 깨뜨렸다.

콰직!

구슬을 깨뜨리는 순간 흑색의 마법진이 생겨나 리디아를 둘러쌌고, 이내 그녀의 몸은 그 마법진 속으로 사라져 버렸다.

"건방진 인간 놈! 이번에는 그냥 간다만 언제고 네놈을 반드시 죽여 버리겠다. 오호호홋……!"

분노한 무혼이 그 앞에 당도한 것은 리디아의 깔깔거리는 음성이 마법진과 함께 흔적도 없이 사라졌을 때였다.

그 순간 트레네 숲에 가득했던 시커먼 구름들이 순식간에 흩어지기 시작했다. 어둠 속에서 모든 생명체를 말살시키던 언데드 드래곤들이 먼지가 되어 부서져 버렸고, 트레네 숲에는 적막만이 감돌았다.

"……"

무혼은 잠시 망연자실한 표정으로 폐허가 된 트레네 숲을 내려다봤다.

그때 포티아가 무혼의 눈치를 보며 다가왔다. 왼쪽 심장이 부서진 포티아는 큼직한 고양이 형상으로 변해 있었고, 핏기가 없이 창백하게 질린 표정으로 혼절해 있는 루인을 등에 업은 상태였다.

"니아옹! 미, 미안하다. 나도 어쩔 수 없었다. 하필 마왕의 가디언 케이우스가 나타나 숲을 지키지 못했다옹."

무혼에게 혼이 크게 날 것 같은지 포티아는 풀이 잔뜩 죽어 있었다. 그러나 무혼은 포티아를 나무라지 않았다.

"루인을 지키느라 고생 많았다, 포티아."

무혼은 조금 전 마검 케이우스가 소멸의 붕멸이라는 특이한 기술을 펼치며 폭발한 것에 심히 놀란 터였다. 그것은 무혼이 즐겨 써먹는 극강기의 폭발과 거의 흡사한 위력이 있었기 때문이다.

그러한 가공할 마검이 존재하고, 그것을 자유자재로 부리는 마족이 트레네 숲에 왔다면 포티아가 무슨 수로 그들을 막을 수 있었겠는가. 그 와중에 루인 하나라도 지켰다는 것은 정말로 칭찬받을 만한 일이었다.

아니, 포티아가 설령 루인을 지키지 못했다 할지라도 무혼은 그에게 화를 내지 않았을 것이다.

진정 화를 낼 대상은 포티아가 아니라 숲을 쳐들어와 쑥대밭으로 만들고 무혼의 부하들과 동료들을 모두 죽인 마족이다. 엄밀히 말하면 바로 마왕 유레아즈다.

무혼은 담담한 표정을 유지한 채 별다른 내색을 하지 않고 있었지만, 지금껏 살아오면서 이토록 분노한 적은 처음이었다.

지금까지 스스로의 자유를 찾기 위해 자신을 속박하는 것들과 싸워온 무혼이었다. 그리고 이제는 더 이상 그 무엇에도 속박되지 않을 만큼 강해졌다 생각했는데, 그러면 무엇하는가. 자신을 믿고 따르는 이들도 지키지 못했는데, 혼자서 강하면 무엇이 의미가 있다는 말인가.

숲의 나무들 대부분이 불에 타거나 뿌리째 뽑혔고, 로드의 성이 파괴되고, 부하들이 공들여 만들어 둔 집들이 부서져 버린 것은 얼마든지 견딜 수 있다.

나무야 시간이 지나면 새로 자라고, 파괴된 성이나 집들도 다시 지으면 되는 일이다.

그러나 한 번 죽어 버린 이들은 돌아오지 않는다. 무혼은 그 많은 이들이 죽었다는 사실이 도무지 믿기지 않았다.

'아르나! 정말 죽었느냐? 엘리나이젤! 그대도 정말 죽은 것이오? 실피! 너도 정말 죽은 것이냐?'

그들은 정령들이었지만 무혼에게 가족과 같은 이들이었다.

처음 살막에서 쫓기며 필리우스의 동굴에서 고독한 수련을 하는 삼 년 동안 무혼을 씻기고 피로를 풀어 주며 목욕 시중을 들어주던 아르나는 무혼이 그 누구보다 가장 신뢰하고 있었다.

차원의 보주를 얻으려 하는 것도 지금은 그것을 통해 마계로 건너가 유레아즈를 해치우려는 목적이 주가 되었지만, 처음에는 아르나를 팔찌의 노예로부터 자유롭게 해 주기 위함이 아니었던가.

그런 아르나가 죽었다. 마족들로부터 고통을 받다가 무혼으로 인해 힘을 되찾은 엘프의 수호 정령 엘리나이젤도 죽었다. 또한 마치 철없는 여동생 같았던 실피도 죽어버렸다.

그뿐인가. 트레네 숲의 로드인 무혼을 희망으로 두고 있던 엘프들과 거족들이 죽었다. 트레네 숲은 말 그대로 죽음의 숲이 된 것이었다.

이러한 상황이니 무혼이 어찌 분노하지 않을 수 있겠는가.

"으득! 용서하지 않는다."

리디아를 비롯해 마왕 유레아즈의 모든 권속들을 죽이고 파괴하리라.

두 번 다시 마왕의 세력이 세상에 기어 나오지 못하도록 완전히 짓밟아 없애 버리리라.

비록 지켜주지는 못했지만 오직 그것만이 억울하게 죽은

부하들과 동료들에게 무혼이 해줄 수 있는 유일한 것이었다.

"으음……."

그때 루인이 비틀거리며 깨어났다. 포티아가 그녀를 바닥에 조심스레 내려놓았다. 루인은 문득 무혼이 넋을 잃은 표정으로 서 있는 장면을 보고는 두 눈을 크게 떴다.

"아, 무혼 님!"

무혼은 고개를 돌려 루인을 쳐다봤다.

"깨어났소?"

"오셨군요."

"늦어서 미안하오."

그러자 루인은 고개를 흔들었다.

"미안해하실 것 없어요. 이건 무혼 님의 잘못이 아니에요."

"트레네 숲의 로드인 내가 숲을 지켜주지 못했으니 어찌 잘못이 아니겠소?"

"잘못은 숲을 습격한 마족에게 있죠. 무혼 님 또한 피해자일 뿐이에요."

"내가 원망스럽지 않소?"

"전혀요. 마족들이 원망스러울 뿐이에요."

루인의 말에 무혼은 놀랐다. 그녀의 부친인 알렌과 기사 탈룬이 참혹하게 죽은 상황에서도 그녀는 무혼을 조금도 원망하지 않았다.

"날 원망해도 되오. 나는 알렌 백작과 탈룬 경의 죽음을 심히 안타깝게 생각하오. 내가 조금만 일찍 왔더라면 그들이 죽지 않았을 것이오."

그러자 루인의 두 눈에 물기가 차올랐다. 그러나 그녀는 이를 악문 채 무혼을 쳐다봤다. 핏기가 없는 안색이지만 그녀의 눈빛은 맑았다.

"그건 잘못된 자책감일 뿐이에요. 아빠도 탈룬 경도 엘리나이젤 님도 아르나 님도…… 그리고 오늘 죽어간 모든 분들 중 누구도 무혼 님을 원망하지 않았어요. 무혼 님이 마족들에게 그만한 대가를 치르게 해 주실 거라 믿었을 뿐이죠."

무혼은 루인을 향해 다가갔다. 부친이 처참하게 죽은 상황이다. 다른 어떤 이유를 불문하고 그것 하나만으로도 얼마나 가슴이 찢어질 듯 아프겠는가.

그런데도 루인은 오히려 무혼을 위로하고 있었다. 그것이 바로 그녀가 현자라는 증거인 것일까? 무혼은 알 수 없었다. 슬픔 속에서도 자신을 향해 눈부신 위로를 보내는 루인을 위해 무혼이 해 줄 수 있는 것은 그녀를 끌어안아 주는 것뿐이었다.

"루인, 살아 있어 주어 정말 고맙소. 앞으로 그 어떤 상황에서도 당신은 반드시 지켜 주겠소."

무혼이 강한 팔로 그녀를 끌어안자 루인은 비로소 무혼의 가슴에 얼굴을 묻고 흐느꼈다. 무혼은 그녀가 실컷 울게 두었다. 그녀의 눈물이 무혼의 가슴을 타고 강물처럼 흘러내렸다.

툭툭.

마치 다이아몬드처럼 번쩍이며 떨어지는 눈물이 바닥을 적시는 순간 신비한 일이 벌어졌다. 눈물이 바닥으로 스며들지 않고 쌓이더니 그것이 자그만 병의 형상을 이루는 것이었다.

투명한 빛으로 만들어진 듯 환하게 반짝이는 병이었다. 바닥에 그러한 병이 생겨난지도 모르고 루인은 눈물을 흘리고 있었고, 그녀의 그 눈물은 투명한 병 안으로 자연스레 흘러들어 갔다.

바로 그때 하얗고 깨끗한 손이 그 병을 슥 들어 올렸다.

"이게 바로 빛의 크리스탈로 만든 병이로군. 현자의 눈물을 이렇게 얻게 될 줄이야."

그 손의 주인은 다름 아닌 아그노스였다. 그녀의 뒤에서 포르티도 두 눈을 휘둥그레 뜬 채 그것을 쳐다보고 서 있었다.

무혼은 방금 전 그들이 텔레포트를 통해 이동해 온 것을 알고 있었다. 마검 케이우스가 소멸되는 순간 이로이다 대륙에 펼쳐진 안티 텔레포트 파장도 소멸되었고, 그 즉시 포르티 등은 이곳으로 공간 이동을 해온 것이었다.

다만 무혼은 루인이 계속 서글피 울고 있기에 짐짓 그들이 온 것을 모른 척하고 있었을 뿐이다.

그런데 무혼 또한 루인의 발밑에 빛의 크리스탈로 만든 병이 생겨날 것이라고는 상상하지 못했다.

참으로 기묘하면서도 왠지 씁쓸한 상황이 아닐 수 없었다. 현자가 슬픔에 목매어 눈물을 강물처럼 흘리자 생겨난 것이라니.

차원의 보주를 위한 재료 중 하나인 현자의 눈물은 이토록 현자가 지극한 슬픔 속에서 흘린 눈물을 통해서만 얻을 수 있는 것이었던가.

"……."

루인 또한 자신의 눈물이 빛의 크리스탈로 만들어진 병으로 변할 줄은 예상하지 못했기에 놀란 표정을 지었다.

그런데 그때 더욱 놀라운 일이 벌어졌다. 목이 잘려 수풀에 처박혔던 엘프의 수호 정령 엘리나이젤의 머리가 꿈틀대더니 그의 두 눈이 번쩍 떠졌다. 그러고는 무혼을 쳐다보며 반색했다.

"로, 로드……. 오셨습니까?"

그 순간 무혼 등은 깜짝 놀랐다.

"엘리나이젤! 살아 있는 것이오?"

"허허, 쉽게 죽을 목숨은 아니었나 봅니다."

멋쩍게 웃는 엘리나이젤의 머리를 포르티가 달려가 번쩍 들었다. 그 역시 친구 엘리나이젤이 살아 있다는 사실이 무척 기쁜 모양이었다.

"이봐, 너 살아 있는 것이냐? 엉?"

그러자 엘리나이젤이 인상을 찡그렸다.

"그렇게 흔들어대면 어지럽잖아. 조심히 저기 몸통에나 붙여줘."

"아, 알았다."

포르티는 후다닥 달려가 엘리나이젤의 잘린 목 위에 그의 머리를 붙여주었다. 그러자 축 늘어져 있던 엘리나이젤의 몸통이 꿈틀 움직였다.

"너 정말 살아나는구나. 설마 네 녀석에게 부활 능력이라도 있었던 것이냐?"

엘리나이젤은 쓴웃음을 지었다.

"나도 어떻게 된 건지 모르겠다. 그보다 저기 팔이랑 다리 좀 가져다 붙이지 않고 뭐하느냐?"

"크흐! 알았다."

포르티뿐 아니라 아그노스도 엘리나이젤의 잘린 팔과 다리를 찾아 각각의 자리에 붙였다. 그러자 잠시 후 엘리나이젤이 멀쩡해진 몸으로 일어나더니 팔다리를 가볍게 휘저으며 자신의 몸에 별다른 이상이 없음을 확인했다.

곧바로 그는 무혼을 향해 걸어와 고개를 숙이며 말했다.

"로드! 정말 면목이 없습니다. 숲을 지키려 했지만 역부족이었던 터라……."

무혼은 고개를 흔들었다.

"어쩔 수 없었소. 그대가 감당하기엔 너무 강한 적이 나타 났던 것이 문제였소. 그보다 대체 어떻게 된 것이오? 정말로 부활 능력이라도 있는 것이오?"

엘리나이젤이 머리를 긁적였다.

"저도 대체 무슨 일이 벌어진 것인지 도무지 모르겠습니다. 살다 보면 간혹 기이한 일이 벌어지기도 한다는데 혹시 그런 것이 아닌가 싶군요."

대체 무참히 죽었는데 어떻게 되살아난 것일까? 그것도 그 는 정령의 생명이라 할 수 있는 정령 하트가 무참히 박살 났 다. 그 순간 무혼이 만들어준 진원마저도 사라져 버린 터였다.

그런데 지금 엘리나이젤은 비록 정령력이 다소 소진된 상태 지만 거의 건재한 상태로 부활했다. 진원도 건재했다. 소진된 정령력도 한동안 요양만 잘하면 충분히 회복할 수 있을 것이 다.

엘리나이젤은 혹시나 싶어 루인을 쳐다봤다.

"혹시 루인 님이 날 부활시켜 주신 것이오?"

"그런 엄청난 능력이 제게 있다면 얼마나 좋을까요?"

루인도 놀라 까무러칠 듯한 표정으로 대답했다. 그녀 역시 지금 엘리나이젤이 멀쩡히 살아난 것에 의문을 금치 못했다.

설령 마스터급 마법사가 아니라 그랜드 마스터급 마법사라 해도 죽은 정령을 되살리는 것은 불가능한 일이었다.

엘레나이젤은 어떻게 살아난 것일까? 정말로 그의 말대로 살면서 아주 간혹 벌어지는 희귀하고 기이한 일인 것일까?

그런데 그것은 시작일 뿐이었다.

바닥에 처참히 널브러져 있던 엘프들과 거족들의 시신과 사체들이 꿈틀거리는 것이었다.

"저걸 봐! 시신들이 움직여!"

"어떻게 된 거지? 다들 설마 언데드라도 된 거야?"

어찌 보면 정말로 섬뜩한 장면이 아닐 수 없었다. 죽은 시체들이 움직인다고 생각해 보라. 그것도 끊어진 팔다리는 물론 잘려 나간 손가락들, 심지어 빠져나간 눈알까지 꿈틀거리는 그야말로 기괴한 장면이었다.

"아, 세상에!"

루인은 입을 쩍 벌렸다. 그와 같은 상황에 그녀의 눈에 들어오는 이가 있었다. 수풀 사이에서 한쪽 눈을 끔뻑끔뻑 뜨고 있는 금발의 중년 사내의 머리였다.

"아빠?"

"루, 루인!"

죽은 줄 알았던 알렌 백작도 살아났다. 다만 잘려나간 부위들이 제각각 움직이고 있어 완전히 살아났다고 볼 수 없었다.

"아빠, 잠깐만요."

루인에게 지금 이 황당하면서도 기괴한 상황이 왜 벌어졌는지는 중요하지 않았다. 그 어떤 이유라도 좋다. 그녀에게는 부친 알렌이 살아났다는 것만이 중요했다.

루인은 알렌의 머리를 들어 그의 몸체에 붙였다. 또한 잘려나간 팔들도 주워다 어깨에 붙였다. 그녀가 그 어떤 주문도 외우지 않았지만, 알렌의 몸체는 본래대로 회복되고 있었다.

더욱 신기한 것은 파열된 눈알도 회복되어 있었다. 그는 본래의 모습으로 돌아온 자신이 아직도 믿기지 않은 듯 멍한 표정을 지었다. 아니, 그보다 자신이 살아 있다는 사실이 더욱 믿기지 않았다.

"대체 어떻게 된 것이냐? 내가 왜 다시 살아난 거냐, 루인?"

"호호! 몰라요. 하지만 이유가 뭐가 중요해요? 아빠가 다시 살아난 게 중요하죠."

"하하하, 그렇긴 하다만. 이거 꼼짝없이 죽는 줄 알았는데 다시 살아나니 정말 꿈만 같구나."

알렌은 어린아이처럼 방방 뛰며 좋아하는 루인을 안아주었다. 알렌은 문득 불안한 표정으로 물었다.

"그나저나 그 요녀는 어디 갔느냐?"

루인이 빙긋 웃으며 멀리 무혼을 가리켰다.

"저길 보세요. 무혼 님이 오셨잖아요."

"오! 그렇구나."

알렌은 루인이 다른 설명을 하지 않아도 그저 무혼이 왔다는 말 한 마디로 충분히 이해가 되었다. 그 요녀는 무혼에게 죽던지 아니면 쫓겨 갔던지 둘 중 하나일 것이다.

'허? 아니, 저건?'

그런 그의 눈에 도처에서 꿈틀거리고 있는 이들의 모습이 들어왔다.

"취익! 누가 내 몸 좀 찾아줘요!"

"우키킷! 내 다리가 어디 갔지?"

자이언트 오크 라개드의 머리가 눈을 끔뻑이며 도움을 요청하고 있었고, 트롤 모리스는 외다리로 뛰어다니다 자신의 다리를 찾아 붙이고 있었다.

"이봐? 이 다리 누구 거지? 빨리 말 안 하면 아무 데나 붙일 거야."

"흐음! 이 팔은 저 오크 녀석 게 분명하군. 어이 한스라고 했나? 이것 좀 저 오크에게 가져다 붙여라. 그리고 거기 로빈? 이 눈알은 저 엘프의 것이다. 가져다 넣어라."

아그노스와 포르티가 가장 바빴다. 오늘은 악덕 드래곤들답지 않게 솔선수범해서 일을 하고 있었다.

"잠깐 기다려요. 저도 도울게요."

루인이 달려갔다. 그사이 몸을 되찾은 엘프 오네트와 셀라스 등도 정신없이 움직이며 조각 맞추기 놀이(?)를 하고 있었다.

대체 이 무슨 기괴한 진풍경이란 말인가?

멍하니 지켜보던 알렌은 문득 호수에서 익숙한 얼굴이 둥둥 떠 있는 모습을 보았다. 털투성이 사내의 머리가 눈을 깜빡인 채 혼란스러운 표정을 짓고 있었다.

"타, 탈룬! 크흑! 이놈, 너도 살아났구나!"

알렌은 즉시 수면을 딛고 달려가 탈룬의 머리를 집어 들었다. 탈룬이 그를 알아보고 반색했다.

"크허헛! 백작님! 제 몸이 이상합니다. 팔다리가 움직여지지 않아요."

"목이 끊어졌는데 어떻게 움직일 수 있겠느냐?"

그러자 탈룬은 어리둥절한 표정을 지었다. 그러다 그는 비로소 자신이 죽었던 사실을 기억해 냈다.

"저는 지금 어떻게 된 거죠? 죽은 게 아니었습니까?"

"살아났다."

순간 탈룬은 다시 멍한 표정을 짓다가 이내 울상을 지었다. 살아났다는 것도 믿기지 않았지만, 세상에 머리통 하나로 살아 있다는 것이 무슨 의미가 있겠는가?

"크흐흑! 제 몸통은 어디 있나요? 팔과 다리는? 이러고도 살아갈 수는 있는 것입니까?"

"쯧! 기다려봐라. 찾아 주마."

알렌은 주위를 두리번거리며 호수 위에 둥둥 떠다니는 탈룬의 몸체 조각들을 찾아와 가져다 붙였다. 잠시 후 탈룬은 본래의 건장한 모습으로 돌아왔다.

호숫가에 선 탈룬은 몸을 이리저리 움직이며 크게 웃었다.

"크헛! 크하하하하! 어떻게 이런 신기한 일이?"

"그보다 꼴사나우니 어서 아무 옷이나 주워 입어라. 그 꼴로 어딜 돌아다니겠느냐?"

온몸이 조각나는 와중에 옷이 멀쩡하게 붙어 있을 수는 없는 일이었다. 탈룬은 움찔하더니 한 손으로 하체를 가리며 말했다.

"그건 백작 님도 마찬가지입니다."

"헉! 그러고 보니……."

알렌도 흠칫 놀랐다. 경황 중이라 미처 신경 쓰지 못했을 뿐 그 역시 탈룬과 다를 바 없는 신세였다.

그는 손가락에 낀 아공간의 반지가 아직 건재한 것을 발견하고 그곳에서 잽싸게 양모의를 한 벌 꺼내 입었다. 그리고 탈룬에게도 한 벌 건넸다.

"네게 작긴 하겠지만 아쉬운 대로 일단은 입거라."

일단 하체만 가릴 수 있다면 되는 일이었지만 그것도 쉽지 않았다. 그의 덩치가 워낙 커서 양모의가 찢어져 버렸던 것이다.

그런데 바로 그때 그의 앞으로 반짝이는 붉은색의 삼각 하의 하나가 날아오는 것이 아닌가. 탈룬이 놀라자 멀리서 포르티가 손을 흔들었다.

"특별히 주는 것이니 입어라. 네게도 잘 맞을 것이다."

색깔과 모양이 우스꽝스럽기 짝이 없었지만 탈룬으로서는 선택의 여지가 없었다. 놀랍게도 그의 커다란 덩치에 마치 맞추기라도 한 듯 착 맞았다.

"고맙습니다."

탈룬이 꾸벅 허리를 숙여 감사를 표하자 포르티가 흡족하게 웃었다.

"크흐! 그건 나 화룡 포르티가 직접 제작한 속옷이니 영광으로 알거라. 물론 갖가지 강력한 방어 마법들이 깃들어 있지. 오러가 맺힌 검으로 후려갈겨도 찢어지지 않으며 어지간한 마법에 적중당해도 그곳만은 철저히 보호될 것이다. 영구 클리닝 마법도 깃들어져 있어 항상 청결한 상태가 유지될 테니 그냥 평생 입고 있어도 될 거다."

"그, 그렇군요."

탈룬은 머리를 긁적이며 어색하게 웃었다. 대체 속옷에 무슨 이토록 엄청난 공을 들인 것인지 모르겠지만, 아무튼 그로서는 대단한 보물을 얻은 것임에 틀림없었다.

그때 알렌이 슥 다가와 성검 엘그리튼을 휘둘렀다.

퍽!

성검 엘그리튼의 검신에는 짙푸른 오러가 맺혀 있었다. 탈룬이 깜짝 놀라며 뒷걸음질 쳤다.

"크억! 백작님, 이 무슨?"

"오러가 맺힌 검에 맞아도 멀쩡하다고 하기에 한 번 휘둘러 본 것이다."

"크흐윽! 아무리 그렇다고 그걸 진짜로 하면 어떻게 합니까?"

탈룬은 원망스러운 눈빛으로 알렌을 노려봤다. 그로서는 오러가 맺힌 검에 맞았으니 자신의 그곳이 처참하게 부서져 있을 것이라는 생각에 눈물이 핑 돌았다.

이렇게 어이없이 고자가 되어 버리다니 어찌 원통하지 않을 수 있겠는가.

"헛? 이럴 수가!"

그런데 고자가 된 것이 아니었다. 놀랍게도 멀쩡했다. 오러가 맺힌 검에 맞았는데도 심지어 고통조차 없었다. 화룡 포르티의 말은 결코 과장이 아니었던 것이다.

"크하하하! 정말인데요? 전 아무렇지도 않습니다."

꾸부정하게 허리를 굽히고 그곳을 가리고 있던 탈룬이 허리를 쫙 펴고 당당하게 외쳤다. 알렌의 두 눈이 휘둥그레진 것은 당연했다.

그는 이내 부러운 눈치로 탈룬의 붉은 삼각 하의를 쳐다봤다. 그러다 멀리서 포르티가 갖가지 색의 하의들을 마구 나누어주는 장면을 보고 반색했다. 그는 자이언트 오크나 오우거, 미노타우루스들은 물론 엘프들에게도 속옷을 나누어 주고 있었다.

"허허! 여유가 있으면 나도 하나 얻을 수 없겠소?"

알렌이 달려가 손을 내밀자 포르티는 인상을 찌푸리며 고개를 흔들었다.

"멀쩡히 옷을 입고 있으면서 무슨 속옷 타령인가? 나는 옷이 없는 녀석들에게만 나눠주고 있지. 흉물스럽게 물건들을 내놓고 다니는 꼴이 보고 싶지 않아서 말이야."

"그, 그런 것이었소?"

냉담하기 그지없는 거절의 말에 알렌은 머쓱한 표정으로 돌아왔다.

'젠장! 저 탈룬 녀석은 은근히 보물 복이 많단 말이야.'

예전에 물의 정령 아르나에게 마법 무기인 할버드와 배틀 액스를 받은 것도 그렇고, 이번에는 드래곤이 제작한 마법 속옷까지 받은 것도 그렇고, 여러모로 보물 복이 많은 녀석이었다.

그와 달리 여성 엘프들에게는 아그노스가 속옷이 아닌 멋진 로브나 드레스들을 나눠주었다. 간혹 포르티가 남세스러워 보이는 여성 속옷들을 건네긴 했지만, 그걸 받아 입는 여성 엘프들은 없었다.

그사이 무혼은 바람의 정령 실피가 자신의 눈앞에서 소생되는 장면을 지켜보고 있었다. 정령 하트가 부서져 산산이 흩어졌던 실피의 정령체들이 한데 모여들더니 실피의 모습으로 화했다.

"마, 마스터? 제가 어떻게 된 거죠?"

실피는 자신이 살아난 것이 믿기지 않은 듯 어리둥절한 표정을 지었다. 무혼은 씩 웃으며 대답했다.

"어떻게 되긴. 살아난 거지."

"어떻게요?"

"나도 몰라. 엘리나이젤은 이런 것이 바로 살면서 벌어지는 기이한 현상이라고 하는구나. 어쨌든 살았으니 된 것 아니냐?"

"그럴 수도 있나요?"

실피는 살아난 것이 기쁘면서도 의아했다. 그녀가 정령으로서 오랜 삶을 살아오면서 아직껏 정령이 죽었다가 다시 살아났다는 소리는 한 번도 들어본 적이 없었기 때문이다.

"이제 아르나가 어디 있는지 찾아봐라. 물의 정령의 특성상

너처럼 그냥 저절로 몸이 복원될 수도 있겠지만, 혹시 아니면 일일이 찾아서 붙여야 한다."

무혼은 실피와 함께 아르나를 찾아 하늘 호수의 수면을 뒤졌다. 그러나 아르나는 발견하지 못하고 대신 땅의 정령 츠베르크의 머리만 발견했다.

"로…… 로드! 오셨습니까? 면목이 없습니다."

"괜찮다. 살아 있다면 된 것이다."

무혼은 씩 웃으며 츠베르크의 머리를 집어 들었다. 그의 다른 신체는 하늘 호수 아래 마정석 동굴 안에 있다고 했기에 곧바로 그곳으로 향했다.

물살을 순식간에 가로질러 마정석 동굴 안으로 들어가자 도처에 노움들을 비롯한 땅의 정령들이 조각들이 꿈틀거리고 있었다.

무혼은 츠베르크의 신체 조각들을 찾아 붙이며 말했다.

"실피, 저기 땅의 정령들의 신체 부위를 잘 살펴서 붙여줘라."

"예, 마스터."

바람의 정령답게 실피는 그야말로 바람 같은 속도로 땅의 정령들의 조각난 신체 부위를 가져다 붙이기 시작했다. 그로 인해 신체가 온전히 복원된 정령들이 그 작업을 도와주자 정령들의 부활 속도는 더욱 빨라졌다.

그 사이 츠베르크도 온전히 복원되었다. 그는 허탈한 표정으로 말했다.

"창고의 마정석들이 모두 털렸습니다, 로드. 그 사악한 마족의 소행입니다."

오러 블레이드로도 깨지지 않는 단단한 실드가 둘러져 있던 창고의 벽이 무참히 허물어져 있었다. 안은 텅 비어 있었다.

"모든 마정석이 사라진 건가?"

"예. 하지만 광산에 매장되어 있는 마정석들은 건재하니 채광을 통해 조금씩 마정석을 확보할 수 있을 것입니다."

"좋아. 그러면 앞으로 꾸준히 채광을 하도록 해라."

"예, 로드."

무혼은 츠베르크의 동굴을 빠져나오며 이를 갈았다. 마족 리디아가 트레네 숲을 습격한 것도 모자라 무혼의 보물마저 훔쳐간 것이었다.

마왕을 죽여야 할 이유가 한 가지 더 생겼다. 무혼은 리디아가 훔쳐간 마정석을 되찾는 것은 물론, 마왕이 쌓아둔 보물도 모조리 빼앗아 버리리라 다짐했다.

Chapter 4

소생의 빛

　마정석 광산에서 하늘 호수의 수면 위로 올라온 무혼은 다시 아르나를 찾았다. 그런데 아무리 살펴봐도 아르나의 것으로 보이는 정령체의 일부도 발견하지 못했다.

　어째서 다른 이들은 대부분 부활했는데 거기에서 아르나는 제외되어 있는 것인가?

　그런데 다시 살펴보니 아르나만 부활하지 못한 것은 아니었다. 엘프 타리엔의 시체 조각 앞에서 슬프게 울고 있는 한 청년이 있었다. 그는 다름 아닌 로빈이었다.

　로빈은 자신이 부활한 후 정신없이 다른 이들의 조각을 맞추어 주며 타리엔의 시체를 찾아다녔다. 그러다 어렵지 않게 타리엔의 머리를 찾아낼 수 있었다. 당연히 타리엔 역시 부활할 것이라 기대했는데, 그녀로부터는 아무런 생기가 느껴지지 않았다.

그뿐 아니라 거족들 중에도, 다른 엘프들 중에도, 또한 오크 노예들 중에도 부활하지 못한 이들이 적지 않게 보였다.

그에 대해 알기 위해서는 먼저 다른 이들이 어떻게 부활을 하게 된 것인지부터 밝혀내야 할 것이다. 그리고 역시나 그에 대한 해답은 현자 루인에게 있었다.

그사이 루인은 그녀의 마음속에 있는 빛의 정령 에클라와의 대화를 통해 지금 벌어진 이 기이한 현상이 바로 에클라가 발산한 소생의 빛이라는 특별한 축복 때문임을 알게 되었다.

에클라는 최상급 빛의 정령이지만 아르나와 달리 전투력은 거의 없었다. 오죽하면 전투력에 있어선 하급 정령이나 다를 바 없을 정도였다.

그러나 그녀가 빛의 현자와 만나게 되면 비로소 최상급 정령으로서의 진가를 발휘하게 된다. 아까 루인의 몸을 통해 발산되는 빛을 통해 언데드 드래곤들이 접근하지 못하게 막았던 것도 바로 그러한 능력 중의 하나였다.

그리고 그때 발산되었던 빛이 바로 빛의 정령인 에클라

를 통해 빛의 현자 루인이 발할 수 있는 최상의 축복 중 하나인 소생의 빛이었다.

소생의 빛이 발하는 축복 아래에 있는 이들은 죽지 않는다.

설령 그들이 산산조각이 나거나 가루가 되어 흩어진다 해도 소생의 빛이 그들을 보호해 죽지 않게 만들기 때문이었다.

알렌이나 탈룬 등이 머리가 끊어지고 사지가 토막 난 상태로 살아나게 된 것은, 사실 죽었다가 살아난 것이 아니라 애초부터 죽지 않은 것이었다.

소생의 빛을 통한 축복이 아무리 강력한 능력이 있어도 이미 죽은 사람을 부활시키기란 불가능하다. 죽지 않게 보호하고 있었기에, 옆에서 볼 때는 마치 죽었다가 다시 살아난 것처럼 보였을 뿐이다.

다만 이 기이한 축복이 발하는 보호의 능력이 모두에게 무조건적으로 발휘되는 것은 아니라는 점이 문제였다.

빛의 정령 에클라가 아무리 기를 쓴다 해도 사실상 열에 둘 정도는 실패하게 되어 있었다. 그것은 실로 안타까운 일이었지만 그것이 소생의 빛이 가진 한계였다.

그로 인해 소생의 빛 아래에서도 죽음을 맞이하게 되는 이들은 존재할 수밖에 없었다. 그 대상이 누구인지는 에클라도 알 수 없다고 했다.

안타깝게도 아르나와 타리엔을 비롯한 일부가 그 대상이 된 것이었다. 그러다 보니 모두에게 그들의 죽음이 몇 배 더 가슴 아프고 슬프게 다가왔다.

특히 아르나의 죽음은 무혼의 가슴에 못이 막힌 듯 큰 슬픔을 주었고, 타리엔의 죽음은 로빈을 망연자실케 했다.

무혼은 슬픔을 가슴으로 묻고 겉으로 드러내지 않은 성격이라 담담해 보이는 데 비해 로빈은 오열을 하고 있었다.

로빈의 경우 인간과 마족의 키메라로서 그야말로 괴물 같은 존재였던 자신을 인간이 되도록 이끌어 주었던 타리엔이 죽자 그 슬픔을 주체할 수 없어 스스로 다시 죽으려 했을 정도였다.

그런 그를 살아남은 엘프들이 위로해 주었다. 로빈은 인간이지만 엘프들은 이미 그를 엘프들과 같은 친구로 여겼기에, 그들의 그러한 위로는 로빈에게 큰 위안이 되어 주었다.

한편 소생의 빛은 인간이나 이종족은 물론 드래곤과 정령들에게도 해당되는 광범위한 축복이다 보니, 그로 인해 기적적으로 죽음을 면한 두 드래곤이 있었다.

다름 아닌 루디스와 샤로나.

그들은 리디아에게 무참히 죽었지만 당시 천만다행히도

소생의 빛이 발하는 축복의 영역 아래에 도착해 있었던 것이다.

그렇게 드래곤 루디스와 샤로나는 자신들이 멀쩡하게 살아나자 한동안 어리둥절한 상태에 있었다. 그러다 곧바로 현자 루인이 상황을 설명해 주자 그녀의 앞에 공손히 고개를 숙이며 감사의 예를 표했다.

"현자 루인 님의 축복으로 살아났으니 오늘의 은혜를 잊지 않겠소."

그러자 루인이 고개를 흔들었다.

"제가 특별히 한 일은 없어요. 빛의 정령 에클라가 한 일이랍니다. 그녀는 당신들에게 많이 섭섭해 하고 있더군요."

루디스 등이 에클라를 뒤쫓아 죽이려 했던 일을 말하는 것이었다. 루디스가 한숨을 내쉬며 말했다.

"에클라를 죽이기 위해 쫓았던 일은 실로 미안하게 생각하고 있소. 에클라에게 나의 사과를 전해 주시오."

"로드의 지시로 어쩔 수 없이 한 일이지만 정말로 마음이 편치 않았어요. 에클라에게 진심으로 미안하다고 전해 주세요, 루인 님."

루인은 고개를 끄덕였다.

"에클라가 두 분의 사과를 받아들이겠다고 하는군요."

루디스와 샤로나의 안색이 환해졌다.

"고맙소. 이후로는 두 번 다시 그런 일은 없을 것이오."

"앞으로 우리가 에클라를 괴롭히는 일은 절대 없을 거예요."

그러자 뒤쪽에서 그들을 지켜보고 있던 포르티와 아그노스가 험상궂은 표정으로 다가와 말했다.

"그러니까 너희 녀석들이 감히 빛의 정령을 죽이려 했다는 것이냐? 제정신들이야? 엉?"

"흥! 정말로 미친 거 아니야? 마족들은 멀쩡히 살려두더니 빛의 정령이 무슨 죄가 있다고 죽이려 했니?"

"포, 포르티 님!"

"앗, 아그노스 님!"

루디스 등은 움찔 놀랐다. 같은 드래곤이지만 포르티와 아그노스는 그들이 대적할 수 없는 강력한 존재들이었다. 특히 성질 더럽기로 유명한 화룡 포르티는 로드 푸르카와 사룡 켈사이크에 이어 모든 드래곤들이 가장 마주치기 꺼려하는 드래곤이 아니었던가.

"빨리 말해 봐라. 대체 무슨 정신으로 빛의 정령을 죽이려 했느냐?"

포르티가 금세라도 주먹을 들어 후려치려 하자 루디스가 재빨리 대답했다.

"로드의 명령 때문이라 어쩔 수 없었습니다."

포르티가 코웃음 쳤다.

"흥! 바보 같은 놈들! 대체 언제까지 그 정신 빠진 로드의 말에 맹종하고 있을 것이냐? 마족들을 방치한 것이 얼마나 끔찍한 일을 초래했는지 알고는 있느냐?"

"죄송합니다."

"죄송하다면 다야? 그래서 앞으로도 계속 그 말도 안 되는 로드의 명령을 따를 생각이냐?"

순간 루디스가 침울한 표정으로 고개를 흔들었다.

"그러고 싶어도 불가능한 상황입니다."

"그게 무슨 말이냐?"

"로드가 죽었습니다."

"뭣이?"

루디스의 말에 놀란 건 포르티와 아그노스뿐이 아니었다. 멀리서 그들의 말을 듣고 있던 무혼도 놀랐고, 엘리나이젤도 경악 어린 표정을 지었다.

포르티가 다급히 물었다.

"대체 무슨 일이 있었던 것이냐? 어떻게 그가 죽을 수가 있었지?"

그러자 이번에는 샤로나가 대답했다.

"짐작하고 있으시겠지만 리디아의 소행이었죠. 그녀는

그동안 정체를 숨기고 있던 마왕의 딸이었어요."

"마왕의 딸?"

"마검 케이우스를 다룰 수 있는 마족은 마왕의 혈족뿐이에요. 그녀는 그걸로 로드를 살해하고 다른 드래곤들도 모두 죽였어요. 그리고 그들을 언데드로 만들어 이곳 트레네 숲을 습격했어요."

"그, 그럴 수가!"

포르티와 아그노스의 안색이 경악으로 물들었다. 그들은 비록 로드 푸르카를 미워하고는 있었지만, 그렇다 해서 그가 죽기를 바랄 정도는 아니었다.

그가 마족 애인에게 정신을 못 차리고 로드로서 마땅히 해야 할 소임에 충실하지 못했기에 그와 등을 돌렸을 뿐, 언제고 그가 정신을 차려 드래곤 로드답게 행동해 주기를 어찌 바라지 않았겠는가.

그런데 푸르카의 마족 애인이 바로 마왕의 딸이었고, 그녀로 인해 푸르카를 비롯해 드래곤들이 모조리 죽임을 당했다니, 이는 정말 충격적인 일이 아닐 수 없었다.

루디스가 씁쓸한 표정으로 말을 이었다.

"마왕의 딸 리디아는 마검 케이우스에게 죽은 드래곤들의 마나를 모조리 흡수하게 한 후, 그것을 통해 이로이다 대륙 전체에 텔레포트나 마법 통신이 불가능하게 만드는 가공할 마법진을 펼쳤습니다."

"빌어먹을! 그래서 갑자기 텔레포트가 불가능했던 것이로군. 망할 로드! 그토록 큰소리친 결과가 이것이었소? 당신을 따르는 드래곤들도 지켜 주지 못하고 한낱 애인에게 배신이나 당해 죽었단 말이오?"

포르티는 침통한 표정을 짓더니 돌연 손등으로 눈물을 닦았다. 아그노스의 표정도 침통하기 그지없었다. 그러나 그녀는 이내 코웃음 쳤다.

"흥! 멍청한 로드! 그토록 애지중지했으면 잘 살기라도 할 것이지, 정말 바보 같군요. 정말로……."

말을 하던 그녀의 눈가로 눈물이 주룩 흘러내렸다.

드래곤 포르티와 아그노스가 울고 있었다.

그들의 눈물은 로드 푸르카의 죽음뿐 아니라 그를 따르던 다른 드래곤들의 죽음 때문이기도 했다. 한때 자신들의 동료이자 친구였던 드래곤들이 모두 죽었는데 어찌 슬프지 않을 수 있겠는가.

애인 타리엔의 죽음으로 슬퍼하는 로빈, 드래곤 로드 푸르카를 비롯한 드래곤들의 죽음으로 인해 슬퍼하는 드래곤들, 그밖에도 그간 서로 유독 친했던 이들의 죽음으로 인해 눈물을 흘리는 이들이 적지 않았다.

그러나 이곳 하늘 호수에서 소생의 빛이 발하는 축복에

서 제외된 이들의 죽음은 트레네 숲 전체에 임한 죽음에 비하면 빙산의 일각일 뿐이었다.

하늘 호수를 향해 달려오다가 언데드 드래곤들에 의해 무참히 죽임을 당한 엘프들과 거족들, 또한 교역 도시 루즈 노드에서 죽임을 당한 인간들과 몬스터들의 숫자는 헤아리기 힘들 정도였다.

그야말로 트레네 숲은 이제 죽음의 숲이라 할 만큼 많은 희생자가 발생했다. 로드인 무혼의 심정은 참담하기 이를 데 없었다.

무혼은 아르나의 죽음만으로 슬퍼할 겨를이 없었다. 루인은 무혼의 탓이 아니라고 했지만, 무혼으로서는 자신의 책임을 통감하지 않을 수 없었다.

그래도 무혼은 매우 의연한 모습을 보여 주었다. 숲의 일원들의 죽음으로 인해 절망하거나 실의에 빠지기보다는 담담히 죽은 이들의 장사를 치르라고 말했다.

"더 이상 슬퍼하지 말고 기운들을 내시오. 이제 트레네 숲은 다시 복원될 것이고, 부서진 성과 건물들도 다시 지어질 것이오. 나는 이후로 두 번 다시 이 숲이 침범당하지 않도록 세상에서 가장 강력한 방어진을 설치할 것이오."

무혼의 음성은 나직했지만 방대한 숲 전체로 울려 퍼졌다.

"또한 나는 마왕 유레아즈에게 오늘 일에 대한 대가를 반드시 받아낼 것이오. 이 모든 불행의 근원인 놈을 반드시 없애 버릴 것이오."

대체 그 누가 마왕을 없애 버리겠다는 말을 할 수 있다는 말인가. 그러나 누구도 무혼의 말을 듣고 비웃는 이는 없었다. 마치 태양이라도 녹여 버릴 듯 강렬히 타오르는 무혼의 눈빛을 보는 순간 모두들 정말로 무혼이 유레아즈를 이길 수 있을 것 같은 확신이 들었다.

이후로 며칠 동안 숲은 죽은 이들의 장사를 치르느라 분주해졌다. 거족들은 거족들의 방식으로, 엘프들은 엘프들의 방식으로, 각각의 장례를 치렀다.

그런데 드래곤들은 별다른 장례 절차가 없었다. 포르티 등은 그사이 드래곤 산맥에 있는 자신들의 레어에 한 번 다녀왔을 뿐이었다.

드래곤이 죽게 되면 그들의 아공간에 있던 물건들은 각자의 레어에 있는 창고로 들어가게 된다. 그 보물들은 드래곤 로드의 판단에 따라 다른 드래곤들에게 나누어 주거나 혹은 영구 봉인을 시키게 되는데, 로드가 없는 상황이라 포르티 등이 가서 드래곤들의 레어마다 봉인 및 은폐 마법진을 펼쳐두고 왔다.

이는 혹시라도 우연히 그곳에 들어간 누구라도 드래곤들

의 레어에 있는 보물들에 손을 대지 못하게 하기 위함이었다. 포르티 등은 로드가 죽은 상황이라 자신들이 그 보물을 손댈 권한이 없다고 여겨 영구 봉인을 하기로 결정한 것이었다.

이후로 숲의 복원 작업이 시작되었다. 엘리나이젤은 흩어져 버린 나무 정령들을 끌어모아 나무들을 되살리고, 해제된 방어 결계를 다시 펼쳤다. 땅의 정령 츠베르크가 하급 정령 노움들을 대거 동원해 그의 작업을 도왔다.

죽은 이들은 사라졌지만 숲에는 새로 유입되는 엘프들과 거족들로 인해 다시 활기가 생겨났다. 동대륙의 오크 도시들은 드래곤 포르티와 아그노스가 때때로 순방하며 기강을 잡았기에, 오크들이 엘프들이나 거족들을 다시 괴롭히는 일은 없었다.

문제는 트레네 숲 남부의 도시인 루즈노드였다. 엘리나이젤은 도시를 건설할 자금은 충분히 남아 있지만, 급작스러운 도시의 붕괴로 인해 트레네 숲의 신뢰가 떨어져 있는 게 문제라 했다.

즉, 서대륙의 인간들이나 동대륙의 몬스터들이 루즈노드가 재건된다 해도 선뜻 다시 교역을 위해 찾아오지 않을 것이란 얘기였다. 또다시 그런 봉변을 당하지 않으리란 보장이 없기 때문이었다.

"도시의 재건을 시작하되, 먼저 피해를 입은 이들에 대해서는 최대한 보상을 해 주도록 하시오. 그래야 트레네 숲을 신뢰할 수 있게 될 것이오."

"저도 같은 생각입니다. 그런데 그러려면 자금이 충분치 않아서……."

루즈노드에서 죽은 이들과 그로부터 상단이나 마탑들이 입은 피해를 보상하려면 그야말로 막대한 돈이 필요할 것이다.

그동안 엘리나이젤이 루즈노드에서 적지 않은 세금을 거두어들였지만 도시를 재건하는 데 충당할 수 있을 뿐, 모든 피해 보상을 해 주기에는 부족했다.

결론은 돈이 부족하다는 뜻인 것이다.

"돈 문제라면 염려 마시오."

비록 마정석 광산이 리디아에게 털리긴 했지만, 앞으로 그곳에서 새로이 채광되는 마정석들의 극히 일부만 사용해도 그에 대한 보상은 모두 하고도 남았다. 게다가 무혼의 아공간에도 적지 않은 마정석들이 들어 있기도 했다.

그러나 무혼은 굳이 마정석을 처분하지 않아도 이미 엄청나게 많은 돈을 가지고 있었다. 흑탑의 마궁 지하 창고에 산처럼 쌓여 있는 돈과 보석들이 있기 때문이다.

'굳이 필요할까 싶어 귀찮아서 가져오지 않은 것인데,

이런 식으로 빨리 쓸모가 있게 될 줄은 몰랐군.'

무혼은 그 즉시 포르티 등을 불러 흑탑의 지하 마궁 창고에 쌓여 있는 재물들을 트레네 숲으로 옮겨 놓았다.

"이 정도면 돈이 부족하지는 않을 것이오."

무혼의 말에 엘리나이젤의 입이 찢어질 듯 벌어졌다.

"부족하지 않은 정도가 아니라 이것의 극히 일부만 사용해도 충분합니다."

"남은 돈은 숲의 운영 자금에 보태 사용하도록 하시오. 숲의 일원들에게 필요한 것이 있으면 아끼지 말고 뭐든 사들여도 좋소."

"로드의 뜻에 따르겠습니다."

엘리나이젤의 안색이 환해졌다. 그는 이토록 막대한 돈을 통 크게 자신에게 맡기는 무혼의 배포에도 감탄했다.

사실 이렇게 많은 돈이 있으면 굳이 교역을 위한 도시를 만들어 세수를 벌어들이지 않아도, 앞으로 트레네 숲은 수천 년도 넘게 돈 걱정 없이 살 수 있을 것이다.

그러나 루즈노드와 같은 도시는 단순히 돈을 벌어들이기 위해서만 필요한 것이 아니었다. 그 도시가 있음으로 트레네 숲이 이로이다 대륙의 중심이 될 수 있는 것이고, 그로부터 서대륙과 동대륙의 소통이 이루어질 수 있는 것이었다.

이미 몬스터들과 인간들의 소통은 단순히 상업적인 영역에만 한정되어 있지 않고 문화 전반적인 영역에 걸쳐 상호 영향을 주고 있었다.

건물들의 양식이나 의복, 음식, 각종 공예술, 심지어 초보적인 것이지만 검술이나 마법, 주술과 같은 것들도 은연중 전파되고 있었다.

이를테면 코볼트 대검 전사들이 펼치는 대검술은 인간 기사들이 보기에도 충분히 감탄할 만한 것이었는데, 인간들과 달리 코볼트들은 적당한 대가만 지불받으면 자신들의 대검술을 아낌없이 전수해 주는 경향이 있었다.

그러다 보니 이미 코볼트 대검 전사들을 비싸게 고용해 서대륙으로 초빙해 간 이들도 존재했고, 반대로 코볼트들의 초청을 받고 그들 왕국으로 가서 국빈 대접을 받으며 방직 기술을 가르치는 배짱 좋은 인간 장인들도 있었다.

다시 말해 오래도록 서로 고립되어 있던 두 개의 대륙이 연결되기 시작하며 점차 그 영역을 확대하고 있는 이 기이한 현상은 결코 일시적인 것이 아니었다. 일종의 새롭게 생겨난 시대의 큰 흐름이라 할 수 있었다.

과거에는 인간과 몬스터가 서로 대립하며 무조건적인 척살을 하는 일이 당연했지만, 이제는 서로에게 배우며 소통하며 상존하는 것이 더욱 현명한 것으로 받아들여지는 시대가 도래한 것이다.

물론 여전히 그에 대해 부정적인 시각을 가진 이들의 소리도 높지만, 이미 시대의 흐름을 읽고 있는 이들은 망설이기보다 행동으로 옮겼다.

그러다 보니 트레네 숲과 가장 인접한 대도시인 베라카 왕국의 도시 케리어스의 지가가 대폭 상승하기도 했다. 고바 제국을 비롯해 각 왕국의 귀족들이 케리어스에 별장을 사들이거나, 상단들의 경우 케리어스에 지부를 대거 개설하는 일이 벌어졌기 때문이다.

오크들의 도시 켈쿰의 경우도 그와 비슷했다. 트레네 숲과 가장 인접한 오크들의 도시이며 동시에 트레네 숲과 가장 친밀한 관계를 맺고 있는 동맹 도시이기도 하다 보니, 그곳으로 유입되는 오크들의 숫자가 적지 않았다.

켈쿰의 도시 외곽에 새로 마을들이 생겨나며, 도시의 반경은 점점 확대되고 있었다.

그리고 그 모든 것의 중심에 루즈노드가 존재했던 것이다. 이러한 상황에서 루즈노드가 뜻밖의 일로 폐허가 되었다 해서 시대의 큰 흐름이 변할 수는 없는 일이었다.

트레네 숲에서 하지 않으면, 그들 스스로 북부 칼라모스해의 바다를 통하거나 혹은 남부 카나 해의 지옥과 같다는 거친 물살을 뚫고서라도 서로 교류를 하게 될 것이다.

하지만 가장 수월하게 할 수 있는 곳은 역시 트레네 숲이었다. 엘리나이젤이 나므 강의 하안을 따라 길을 닦아 두었기에 육로로도 접근이 용이했고, 선박을 이용하게 되면 더욱 수월하게 이동할 수 있었다.

따라서 엘리나이젤이 별다른 보상 조치를 하지 않는다 해도 루즈노드가 재건된다는 소식이 들리면 모두가 기뻐할 것이다.

이러한 상황에 적절한 보상도 취해지고 다시 재건을 한다 하면 루즈노드의 재건 속도는 더욱 빨라질 것이 틀림없었다. 도시의 재건이란 단순히 건물을 복구하는 것이 문제가 아니라 도시로 유입되는 이들의 숫자도 중요하기 때문이다.

그렇게 트레네 숲이 조만간 이전보다 더욱 활기를 찾게 될 것임을 확신한 무혼은 드래곤들에게 차원의 보주를 만들라 부탁한 후 스스로의 수련에 들어갔다.

심검의 경지에 이른 지 오래인데 또 수련을 한다는 말인가?

그러나 무혼은 지금이야말로 다시금 자신의 경지를 돌아보고 좀 더 수련에 박차를 가해야 할 때라 생각했다.

차원의 보주가 완성되면 무혼은 마계로 가서 유레아즈와 생사의 결전을 벌여야 한다. 주먹을 꽉 말아 쥔 무혼의 두 눈이 이글거렸다.

'마계로 간다. 가서 놈을 죽인다.'

무혼은 마왕을 상대하는 데 최선을 다할 생각이었다.

그를 절대 과소평가하지 않는다. 마왕이 달리 마(魔)의 왕이라 불리겠는가. 설사 그를 이길 수 있다 해도 그의 수많은 부하들은 어찌 상대할 수 있겠는가.

방법은 스스로의 경지를 좀 더 높이는 것밖에 없었다. 또한 마족들의 주술서들을 꼼꼼히 연구해서 그것들을 통달하는 것도 필수였다.

무혼이 굳이 주술을 펼치지 않는다 해도 마족들이 어떤 주술을 펼치는지를 아는 건 매우 중요했다. 마족을 알아야 마족을 상대하기 수월할 테니까.

*　　　*　　　*

무혼이 수련 장소로 삼은 곳은 트레네 숲 북부의 돌산 중 하나였다. 그곳의 정상에서 무혼은 묵묵히 가부좌를 틀고 앉아 하루의 반 정도를 명상으로 보내고 나머지 반은 주술서들을 빼 들고 연구하며 시간을 보냈다.

어느덧 삼 개월이라는 시간이 훌쩍 흘렀다.

그사이 트레네 숲에는 동대륙에서 유입된 엘프들과 거족

들로 인해 이전보다 숲의 일원이 더욱 많아졌다.

엘리나이젤은 매우 바쁘게 움직였다. 그는 숲의 보호 결계를 손보고, 루즈노드의 건설을 총괄했다. 루즈노드가 원래의 모습을 찾는 동안 그는 밤낮을 가리지 않고 일했다. 그뿐 아니라 트레네 숲 내부의 일에도 관심을 가져야 했다.

그래도 엘리나이젤은 모든 일들을 매우 즐겁게 했고, 그다지 힘들어하지 않았다. 거목에서 뻗어 나간 수많은 가지에 열매가 맺히듯, 그는 수많은 다양한 일들을 능숙하게 하면서도 꿋꿋이 버틸 수 있는 거목 같은 수호 정령이었다.

그러나 엘리나이젤도 그를 도와 각각의 일을 도맡아 해 주는 참모진이 없었다면 거목의 역할을 하기 힘들었을 것이다.

트롤 모리스와 라개드, 그리고 엘프 셀라스와 오네트가 각각 거족들과 엘프들의 일을 도맡아 해 주었기에 신입 엘프들과 거족들이 트레네 숲에 정착하는 데 있어서 엘리나이젤이 큰 신경을 쓰지 않을 수 있었다.

그리고 인간 로빈의 경우 루즈노드의 교역과 각종 사무 처리에 엘리나이젤이 감탄할 정도로 뛰어난 업무 실력을 발휘했다.

로빈은 아마스칼로 창조될 당시 라사라로 인해 적지 않은 지식도 주입받았다. 루인으로 인해 완전한 인간으로 돌아왔지만 머릿속에 그 지식은 그대로 있었다. 몬스터어를 알고 있는 것은 그가 가진 지식의 극히 일부일 뿐, 그 지식의 방대함은 가히 엘리나이젤에 버금갈 정도였다.

그는 죽은 타리엔의 희생을 헛되이 하지 않게 열심히 살아가기로 작정하고 엘리나이젤의 일을 도와 열정적으로 일했다. 그러다 보니 지금은 엘리나이젤의 오른팔과 같은 존재가 되었다.

그렇게 트레네 숲은 예전의 활기를 되찾았을 뿐 아니라 오히려 발전해 가고 있었다. 마족들은 리디아의 귀환 이후로 이로이다 대륙에 두 번 다시 출몰하지 않았고, 그들의 하수인이었던 인페르노의 조직은 고바 제국과 마탑들에 의해 궤멸되었다 했다.

고바 제국의 황궁과 마탑들은 이번 인페르노 소탕에 있어서 지대한 공을 세운 트레네 숲의 로드에게 인페르노를 궤멸시키고 획득한 모든 보물의 삼 분의 일을 바치겠다고 했다.

또한 삼 분의 일은 고바 제국의 황궁으로, 나머지 삼 분의 일은 마탑들이 나누어 분배한다는 것이었다.

돈과 보물들은 실로 엄청난 액수였기에 유니온 뱅크에서 보관하고 있다고 했다. 조이 마탑에서 로열 회원 무혼의 이름으로 개좌를 개설했기에, 무혼은 유니온 뱅크의 어느 지점에 가서든 그것들을 인출할 수 있었다.

그러나 무혼은 그것들에 관심이 없었다. 돈이라면 이미 넘쳐나게 많은데 굳이 그것들에 무슨 관심이 생기겠는가.

그보다는 드래곤들에게 부탁한 차원의 보주가 어떻게 되었는지가 궁금했다. 그들은 서대륙 고바 제국에 위치한 로즈 마탑의 본부 지하 연구실에서 차원의 보주를 제작하고 있다고 했다.

'무려 삼 개월이 지났는데 설마 아직도 만들지 못한 건가?'

그동안 포르티 등은 무혼을 한 번도 찾아오지 않았다. 왠지 무슨 일이 생긴 것은 아닌지 걱정이 되기도 했다.

'아무래도 내가 찾아가 봐야겠군.'

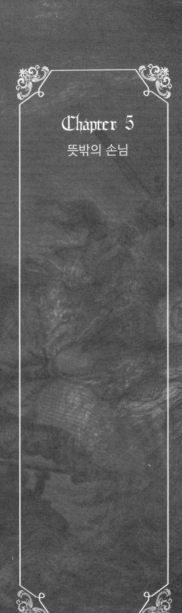

Chapter 5

뜻밖의 손님

츠으읏! 스으으읏!

매캐한 연기가 피어났다가 사라지는 것을 반복했다. 거대한 테이블 위에 놓인 열 가지 다양한 재료들이 빛을 발했고, 아그노스 등은 긴장된 표정으로 그것을 지켜봤다.

그러나 이내 연기는 사라져 버렸다. 동시에 테이블 위에 놓인 열 가지 재료 중 두 가지가 사라져 있었다. 그것들은 드래곤의 피와 현자의 눈물이었다.

"뭐야! 또 실패야? 정말 미치겠군."

한숨을 푹 내쉬는 포르티의 이마에는 짙은 주름이 지어져 있었다. 그의 안색은 해쓱했고, 얼굴 또한 눈에 띄게 초췌했다.

그런데 그것은 포르티뿐이 아니었다. 아그노스의 안색도 핏기가 없었고, 루디스와 샤로나 역시 마치 영양실조라도 걸린 듯 눈가에 다크 서클이 둘러져 있었다.

"아, 젠장! 이를 어쩌지? 또 실패했어. 나 정말 돌아 버리겠네."

은발의 아그노스가 미친년처럼 양손으로 자신의 머리카락을 쥐어뜯으며 말했다. 그러다 그녀는 홱 고개를 돌려 포르티 등을 쳐다봤다.

"다음 차례 누구야? 이번엔 나였으니, 포르티 너지?"

루디스가 대답했다.

"예, 포르티 님의 차례가 맞습니다."

순간 포르티는 움찔했다. 그는 인상을 확 구기며 투덜댔다.

"벌써 또 나냐? 이러다 진짜 피가 말라 죽겠구나."

"어쩔 수 없잖아. 돌아가면서 피를 뽑기로 했으니 어서 세 방울 내놔. 아니면 내가 직접 뺄까?"

아그노스가 날이 시퍼런 단검을 집어 들며 말하자 포르티가 뒷걸음질 치며 대답했다.

"제기랄! 내가 뽑을 테니 기다려라."

포르티는 울상을 지으며 팔뚝에서 피를 세 방울 뽑아 유리잔에 넣어 건넸다.

"호호! 고마워."

"주긴 주겠는데 정말 가망은 있겠냐? 벌써 몇 번째 실패야. 뭔가 다른 재료가 필요한 것은 아니냐?"

"재료는 이 열 가지가 확실해. 필리우스가 잘못 가르쳐줬을 리는 없잖아. 그보다 아무래도 주문이 문제인 것 같아서 갖가지 방법으로 시도해 보고 있어."

"크윽! 부탁이니 이번에는 꼭 성공하길 빈다. 벌써 삼 개월째 이게 무슨 짓이냐?"

포르티의 푸념 어린 말에 아그노스가 한숨을 내쉬며 고개를 끄덕였다.

"제발 나도 그랬으면 좋겠어. 참, 그러고 보니 현자의 눈물이 떨어졌네."

그러자 포르티가 루디스를 쳐다봤다. 아그노스도, 샤로나의 시선도 루디스를 향했다. 루디스의 인상이 일그러졌지만 그는 어쩔 수 없다는 듯 빛의 크리스탈로 만든 병을 집어 들었다.

"그럼 다녀오겠습니다."

"병에 가득 채워와."

"수고해라, 루디스."

"호호, 그건 너밖에 할 드래곤이 없어."

모두들 한마디씩 했다. 루디스는 심통 난 표정으로 연구실을 나섰다. 아그노스가 하품을 하며 말했다.

"하암! 이번에는 며칠이나 걸릴까? 지난번에 십칠 일이 걸렸으니 이번에는 한 달?"

포르티가 대답했다.

"글쎄! 현자라고 날마다 우는 건 아니잖아. 트레네 숲에 그 일이 벌어진 이후에는 하루에도 몇 번이고 울어서 현자의 눈물을 모으기가 쉬웠지만, 요즘은 잘 울지 않으니 더 오래 걸릴 수도 있어."

현자의 눈물을 얻는 건 쉬운 일이 아니었다. 그녀가 자연스럽게 흘리는 눈물을 받아야 하기 때문이다.

그냥 손쉽게, 이를테면 루인의 뺨을 후려쳐서 강제로 눈물이 나게 하거나 혹은 의도적으로 슬픈 얘기를 해서 눈물을 흘리게 해 봤자 그것은 소용없다는 말이었다.

오직 루인을 종일 지켜보고 있다가 그녀가 스스로의 감정에 사무쳐 눈물을 흘릴 때를 노려 번개처럼 달려가 그것이 바닥에 떨어지기 전에 한 방울씩 받아 내야 한다.

이는 매우 어려운 작업으로 그것에 가장 적합한 드래곤은 단연 루디스였다. 모든 드래곤 중에 가장 빠른 이동속도를 지닌 그였기에, 루인이 눈치채지 못할 만큼 먼 곳에서 은밀히 그녀를 쳐다보다, 그녀가 눈물을 흘리면 바람처럼 날아가 눈물을 받아 낼 수 있었다.

그런데 포르티의 말대로 처음에는 무척 쉬웠다. 트레네 숲의 일원들이 적지 않게 죽었기에 그것들을 떠올리면 루인의 눈에 눈물이 항상 가득 고였기 때문이다.

그러나 그것도 하루 이틀이지, 한 달쯤 지나면서부터는 루인도 우는 것을 그치기 시작했다. 그녀 스스로도 강인한 성격의 소유자였기에 울고 앉아 있기보다는 엘프들과 어우러져 대화를 하거나 마법을 연구하거나 혹은 숲을 산책하는 것을 통해 슬픔을 극복하려 했다.

그러다 보니 눈물 담당 드래곤인 루디스로서는 매우 힘이 들지 않을 수 없었다. 그는 제발 루인이 눈물 좀 흘려줬으면 하는 간절한 심정으로 하루종일 목이 빠져라 그녀의 눈만 쳐다보고 있어야 했다.

그렇게 하는데도 지난번에 무려 17일이 지나서야 현자의 눈물을 한 병 채울 수 있었던 것이다.

다시 말해 지금처럼 3개월이란 긴 시간 동안에 차원의 보주를 완성하지 못한 데는 중간에 현자의 눈물을 구하는 시간이 그만큼 오래 소요된 이유도 있었다.

드래곤의 피쯤이야 넷이서 번갈아 가며 뽑으면 되지만, 현자의 눈물은 원한다고 뽑아낼 수 있는 것이 아니었으니까.

"후훗, 그렇다면 그동안은 이제 휴식 시간이네."

아그노스의 안색이 환해졌다. 포르티도 히죽 웃었다.

"흐흐! 그렇다고 할 수 있지. 오늘은 마탑에 회원이 얼마나 늘었는지 좀 살펴봐야겠군."

"나도 그 생각이었어."

불과 3개월밖에 지나지 않은 시간이었지만 그동안 포르티의 로즈 마탑과 아그노스의 아이리스 마탑은 고바 제국의 조이 마탑과 더불어 이로이다 대륙 3대 마탑으로 당당히 자리매김을 한 터였다.

어떻게 유수한 역사를 지닌 미나스 마탑을 비롯한 기존의 거대 마탑들을 제치고 한낱 중소 마탑이었던 로즈 마탑과 아이리스 마탑이 불과 3개월 사이에 그토록 커질 수 있었을까?

그 이유는 아주 간단했다.

일단 마탑주들이 마법의 조종(祖宗)이라 불리는 드래곤들이라는 말에 귀가 솔깃해진 마법사들이 대거 몰려들었기 때문이었다.

게다가 부탑주들도 드래곤들이었다. 로즈 마탑의 부탑주는 루디스였고, 아이리스 마탑의 부탑주는 샤로나였다.

거기에 포르티와 아그노스가 가진 막대한 재정적 능력도 한몫했다. 마탑의 규모는 보유 마법사들의 수준과 지부의 숫자, 그리고 회원들의 위상으로 평가되는데, 실상 그것은 어디까지나 형식적인 것일 뿐 중요한 건 돈이었다.

돈이 있어야 마법사들에게 보수를 지급하고, 각종 마법 도구와 마법서 등을 지원해 줄 수 있지 않겠는가.

그뿐인가. 돈이 있어야 지부를 세울 수 있다. 지부 건물이 어디 땅 파서 나오거나 마법사들이 주문을 외운다고 거저 나오는 것이 아니라, 돈으로 건물을 사서 그것을 지부로 만들어야 함은 아주 상식적인 얘기였다.

그리고 단순히 건물을 매입한다고 끝나는 일이 아니다. 본부와 지부, 그리고 지부와 지부간 마법 통신이 이루어지고 또한 공간 이동 마법진을 통해 오갈 수 없으면 기본적으로 마탑의 지부로서의 역할을 할 수 없었다.

거기에는 적어도 최상급 이상의 마법사들이 마법진에 적지 않은 마정석들을 소모해야 한다. 비싼 마정석을 마법진에 처발라야 하니 거대 마탑이라 해도 새로운 지부를 하나 세우려면 매우 신중해야 했다.

그렇게 마정석과 거액을 들여 마탑의 지부다운 지부를 세웠다고 해도 거기서 끝나는 일이 아니었다. 지부의 운영비로 매월 적지 않은 돈이 소모되니 문제였다.

적자가 나지 않으려면 마탑에서 제작한 각종 마법 물품들을 회원들에게 팔아서 그것으로 운영비를 충당해야 하는데, 이 또한 생각처럼 쉬운 일은 아니었다.

따라서 이로이다 대륙의 수많은 왕국들과 도시들에 적지 않은 지부를 보유한 거대 마탑들의 성세는 단번에 이루어진 것이 아니라 보통 몇 백 년 이상의 긴 역사를 통해 이루어진 것이었다.

그러나 그것을 불과 3개월 만에 가능케 한 이들이 있었으니 바로 포르티와 아그노스였다.

그들은 가장 먼저 공간 이동 마법진을 타고 다니며 제법 번창한 도시의 쓸 만한 지부 건물들을 사들였고, 마정석을 사용해 공간 이동 마법진으로 연결시켰다.

그러다 보니 비록 일시적이지만 마법사나 회원 숫자보다 지부 건물이 더 많아지는 기현상이 벌어지기도 했다.

그러나 포르티 등이 마탑에 가입하면 주는 특전을 제시하자 마법사들이 구름처럼 모여들기 시작했다.

그 특전은 첫째, 수준에 따라 마법을 가르쳐 준다는 것이었다.

초급부터 마스터급까지 누구에게나 수준에 맞게 마법서를 제공한다.

인맥도 학맥도 신분도 차별하지 않고, 오직 실력만 보며, 열심히 하는 이들에게 마법 실력을 높일 수 있는 기회를 준다 하니 귀족 집안에서 태어나지 못한 마법사들에게는 귀가 솔깃한 소리들이 아닐 수 없었다.

두 번째 특전은 매월 보수를 거대 마탑들의 두 배로 준다는 것, 세 번째는 드래곤이 직접 제작한 각종 마법 도구들을 사용할 수 있게 해 준다는 것이었다.

그러다 보니 기존 거대 마탑에 가입되어 있는 마법사들조차 자신들의 마탑을 탈퇴한 후 로즈 마탑이나 아이리스 마탑에 가입하고 싶은 충동을 금치 못했다.

곧바로 마탑 가입을 희망하는 마법사들이 모여들기 시작하자, 포르티 등은 매일 일정한 시간을 들여 면접을 보았다.

그들의 날카로운 눈은 마법사들의 수준을 한눈에 간파했기에, 일단 상급 이상의 마법사들이라면 무조건 합격시켰다. 또한 마법에 재능이 있어 보이면 상급에 미치지 못하더라도 합격시켰다.

이때까지 그들은 조금도 악덕 드래곤스러운 모습을 보여 주지 않았고, 면접에 온 모든 마법사들에게, 심지어 탈락한 이들에게조차 오며 가며 마차 값이라도 하라고 적게는 은화 몇 개, 많게는 은화 수십 개씩을 쥐여 주는 호의도 잊지 않았다.

드래곤이면서도 매우 인간적이고, 특히 그들이 면접자들에게 마차 값도 후하게 쥐여 주는 따스한 잔정을 가지고 있다는 소문은 서대륙의 곳곳으로 퍼져 나갔다.

각 지부마다 면접을 보겠다는 마법사들이 줄을 이었고, 매일 마탑주에게 충성을 맹세하는 서약서를 쓰는 마법사들의 숫자도 늘어만 갔다.

거기에 마법사가 아닌 일반 회원들의 가입도 폭발적이었다.

드래곤 마탑주에 부탑주도 드래곤이며, 로열 등급 회원으로
트레네 숲의 로드가 있다는 소문 때문이었다. 귀족들은 물론
이요, 일부 왕족이나 황족들도 로열 등급 회원으로 가입했을
정도였다.

"흠, 그러면 또 면접을 보러 가볼까? 그럼 우린 다녀올 테
니 여길 잘 부탁한다, 샤로나."

"예, 걱정 마세요."

포르티와 아그노스는 지하 연구실을 나섰다. 연구실은 샤
로나가 상주하며 연구 자재와 차원의 보주를 위한 재료들을
지키기로 했다.

그런데 막 포르티 등이 연구실을 나서는 순간 무혼이 그들
의 앞에 슥 나타났다.

"그동안 별일들 없었느냐?"

포르티 등이 반색했다.

"무혼!"

"너 드디어 수련 끝난 거야?"

"수련이라는 것이 끝이 어디 있겠느냐. 틈나는 대로 수련을
해야 조금이라도 더 강해질 수 있는 것이다."

"쳇! 그놈의 수련! 수련! 그건 우리 드래곤들과는 상관없는
얘기란 말이다."

포르티가 투덜거리자 무혼은 피식 웃었다.

"그보다 차원의 보주는 어떻게 됐느냐?"

그 말에 아그노스가 인상을 찌푸리며 대답했다.

"그게 쉽지가 않아. 무려 삼 개월째 주문 조합에 실패하고 있어. 주문이 틀리지 않은 것 같은데 대체 뭐가 문제일까?"

아그노스는 그동안 있었던 일을 자세히 설명해 주었다. 무혼은 무겁게 고개를 끄덕였다.

"그냥 재료만 구하면 되는 줄 알았는데 그게 아니었나 보군."

"나도 그런 줄 알았어. 하지만 너무 걱정하지 마. 이제 웬만한 주문 조합은 다 해 봤거든. 조만간 제대로 된 주문 조합을 찾을 수 있을 거야."

"내가 뭐 도울 일은 없느냐?"

"후후, 특별히 없어. 가서 우리들 면접하는 거나 구경하는 게 어때?"

무혼은 고개를 흔들었다.

"그럴 시간이면 가서 수련이나 하겠다. 대충 한 달쯤 후에 오면 완성이 되겠느냐?"

"그건 알 수 없어. 과연 루디스가 현자의 눈물을 그 안에 가득 채워 올 수 있을지 모르거든. 네가 현자의 눈에서 눈물이 좀 많이 나오게 해 주면 좋겠지만, 인위적인 방법을 쓰면 안 되니 그냥 기다리는 수밖에 없어."

"좋아. 그럼 다시 석 달쯤 지나서 오면 되겠군."

무혼은 다시 수련에 몰두하기로 하고 트레네 숲으로 돌아왔다. 포르티 등이 놀다 가라고 말했지만, 무혼은 그러다 또 한참 붙잡혀 있을 것 같은 우려에 사양하고 돌아온 것이었다.

'좋아. 다시 또 수련이다.'

무혼은 지난 삼 개월 동안 갖가지 검법의 상상에 몰두했다. 이미 형과 식을 초월해 마음이 가는 대로 모든 검법을 구사할 수 있는 무혼에게 있어 어떤 틀에 박힌 검법 초식의 연구는 아무런 의미가 없었다.

그러나 다시 생각해 보면 꼭 의미가 없는 것은 아니었다. 무혼에게는 필요가 없지만 부하들에게는 매우 필요한 것들이기 때문이다.

무혼이 순간순간 떠올렸다 마치 쓰레기통에 처박듯 잊어버리는 검초 하나가 검사들에게 있어서는 마스터의 심득보다 차원 높은 것들이었다.

따라서 무혼은 새로운 초식들이 떠오를 때마다 하찮게 여기지 않고 모두 잘 적어 아공간에 보관해 두었다.

하루에도 수십 개씩 떠오르다 보니, 지난 삼 개월 사이 그런 식으로 쌓아둔 무공 초식의 종류만 수천 개가 넘었다. 그것은 수천 명의 부하들에게 각기 다른 절세 무공을 전수해 줄 수 있음을 의미했다.

일단 한스에게는 선풍무적검법(旋風無敵劍法)을 새로 전수하고, 라개드에게는 대력붕산권과는 비교조차 될 수 없는 뇌력붕산권(雷力崩山拳)을 전수했다.

본래 무혼은 부하들에게 이와 같이 강한 무공을 굳이 전수할 생각은 없었다. 사실 선풍검법이나 대력붕산권만 해도 평생을 수련하면 가히 마스터의 경지에 버금가는 뛰어난 성취를 보일 수 있기 때문이었다.

이로이다 대륙에서는 그 정도만으로도 충분히 강자 소리를 들을 수 있는 이유도 있었다.

그러나 리디아에게 부하들이 무참하게 당한 것을 본 이후 무혼의 생각은 달라졌다. 앞으로는 재능이 있고, 투혼이 있다면 부하들 중 누구든 마스터가 될 수 있는 기회를 줄 생각이었다.

물론 재능이 없거나 수련에 대한 열의가 없는 이들에게는 굳이 수련을 강요할 생각은 없었다. 당연히 그들에게는 마스터의 심득이 담긴 무공을 전수할 생각도 없었다.

무혼은 내심 수천 개의 무공을 모두 전수할 만큼 뛰어난 부하들이 많이 생겼으면 하는 바람이 있었지만, 현실적으로는 그런 부하들이 수십 명만 있어도 든든할 것 같았다.

그런데 무혼이 지난 삼 개월 동안의 수련으로 얻은 소득은 그러한 무공들만이 아니었다. 하루의 반은 주술 연구에 몰두했고 사실 그로부터 얻은 소득도 적지 않았다.

특히 주술을 통해 아공간을 창조해 물건을 보관하는 방법을 알아낸 것이야말로 엄청난 쾌거라 할 수 있었다.

차원 이동을 통해 마계로 가게 될 때 과연 지금 착용하고 있는 아공간의 반지가 무사할지 의문이었다. 자칫 차원 이동 시 엄습하는 가공할 충격으로 반지가 가루가 되어 사라져 버리면 무혼은 마계에서 아공간에 있는 물건들을 사용할 수 없게 되는 문제가 있었다.

물론 차원의 보주를 얻게 되면 그 보주 자체가 가지고 있는 아공간이 존재한다고 하지만, 그러한 신외지물에 의존하지 않고 주술만으로도 아공간을 사용할 수 있다면 아주 편할 것이 당연했다.

따라서 무혼은 조이 마탑에서 받은 아르쿠스의 반지와 연결된 아공간에 있던 물건들을 모두 주술의 아공간으로 옮겨 놓았다. 반지의 아공간은 텅 비어 있는 상태지만 버리기는 뭐해서 그대로 착용하고 있었다.

이렇게 수련이라는 것은 매우 이로운 것이다.

수련을 하기 전에는 할 수 없었던 것을 수련을 하고 난 이후에는 할 수 있게 된다.

물론 어떤 경우에는 특별한 성과가 없는 듯 보이지만, 그것은 그만한 벽이 존재하기 때문이고, 그 벽을 넘어서는 순간 그간 해 왔던 수련들이 결코 헛되지 않았음을 느끼게 된다.

그래서 무혼은 수련을 매우 좋아한다.

삼 개월이 아니라 삼 년, 아니 그 이상을 또 수련하라고 해도 기꺼이 할 수 있었다.

수련은 또한 시간을 가장 빠르게 보낼 수 있는 방법이기도 하다. 수련에 몰두하다 보면 시간이 금세 흘러가기 때문이다.

'삼 개월쯤 지나서 가 보면 차원의 보주가 완성되어 있겠지.'

그렇게 무혼이 다시 수련에 몰두한 지 대략 열흘이 지났을까?

트레네 숲에 뜻밖의 손님이 찾아왔다. 그가 나타난 순간 엘리나이젤은 깜짝 놀랐고, 숲에 있던 모든 이들이 긴장을 했다.

특히 그때까지 현자 루인의 눈물을 한 병 가득 채우지 못했던 루디스는 트레네 숲을 찾아온 그 뜻밖의 손님을 보는 순간 두 눈을 부릅뜨고 말았다.

"로, 로드!"

루디스의 부릅뜬 두 눈과 엘리나이젤의 쩍 벌어진 입을 보며 금발의 미청년은 쓸쓸히 미소 지었다.

"뭘 그렇게들 놀라는가? 내가 나타난 것이 그리 기겁할 만한 일인 건가?"

그는 다름 아닌 드래곤 로드 푸르카였다.

"로드! 살아계셨습니까?"

루디스의 말에 푸르카는 인상을 구겼다.

"살아 있으니까 이렇게 네 눈앞에 보이는 것 아니겠느냐?"

"분명 로드께서 목이 잘리고 심장이 부서져 죽는 모습을 제 눈으로 봤습니다."

루디스는 어색한 표정으로 대답했다. 푸르카는 한숨을 내쉬며 고개를 끄덕였다.

"그건 사실이지. 하지만 그렇다 해서 반드시 죽는 건 아니다. 간혹 세상엔 상식적으로 이해하기 어려운 일들이 벌어지곤 하니까 말이야."

그 말과 함께 푸르카는 고개를 돌려 그사이 자신의 앞쪽에 나타난 흑발 청년 무혼을 쳐다봤다. 무혼은 의외로 담담한 눈빛으로 푸르카를 쳐다보며 물었다.

"생명이 두 개라고 하더니 정말이었소?"

"그 덕분에 용케 살아남을 수 있었지."

"드래곤들에게 임한 불행은 안타깝게 생각하오."

"그 못지않게 이곳 숲도 피해를 본 것으로 알고 있네."

"그보다 여긴 무슨 일이오?"

무혼은 푸르카의 방문이 그리 달갑지는 않았다. 드래곤 로드인 그가 살아 있다는 사실은 그리 대수로운 것은 아니었고,

솔직히 무혼이 알 바도 아니었다.

다만 푸르카의 마족 애인이었던 리디아로 인해 트레네 숲에도 적지 않은 피해를 입었기에, 그에게 좋은 감정을 가질 수가 없었다. 물론 푸르카 역시 어찌 보면 피해자이긴 하겠지만 그렇다 해서 그의 과오가 모두 사라지는 것은 아니었다.

푸르카는 탄식하며 말했다.

"하긴 내가 이곳에 찾아온 것이 참으로 염치없어 보일 수도 있겠군. 하지만 자네에게 한 가지 도움을 주러 온 것이니 너무 박대하지는 말게."

"도움이라 했소?"

"내가 짐작하건대 자네는 아직 차원의 보주를 만들지 못했을 거야. 그건 사실 포르티나 아그노스와 같은 어설픈 녀석들이 만들 수 있는 물건이 아니라네. 드래곤 로드인 내가 아니면 만들 수 없는 부분이 있기 때문이야. 물론 시간을 아주 오래도록 소모하면 어떻게든 방법을 찾아낼 수야 있겠지만, 그렇게 해도 훌륭한 품질의 보주를 만들기는 불가능해."

"음."

무혼의 안색이 굳어졌다. 열 가지 재료를 모두 구하고 무려 삼 개월이 지났는데도 아그노스가 차원의 보주를 만들지 못한 데는 그러한 이유가 있었다는 말인가.

푸르카가 공연히 와서 헛소리를 하는 것이 아니라면 앞으로도 아그노스 등은 차원의 보주를 만들기 위해 무척 오랜 시간이 소요될 것이라는 뜻이었다.

무혼은 어이없어하는 표정으로 푸르카를 노려봤다.

"그 얘기를 왜 지금 하는 것이오?"

"큭! 자네도 알다시피 우리 사이가 그리 좋은 편은 아니었지 않나? 오히려 방해를 하면 했지 내가 순순히 그런 걸 가르쳐 준다는 게 이상했지."

"지금이라고 특별히 사이가 좋아진 것 같지는 않은데, 왜 날 도와주겠다는 것이오?"

그러자 푸르카가 무혼을 뚫어져라 쳐다봤다.

"일전에 듣기로 자네, 마계에 가서 유레아즈와 싸우겠다고 했지. 지금도 그 생각은 변함이 없는 건가?"

"그야 물론이오."

"그렇다면 나도 끼워 주게."

"끼워 달라니, 설마 마계에 함께 가겠다는 뜻이오?"

푸르카가 두 눈을 번뜩이며 고개를 끄덕였다.

"난 마족들에게 복수를 하고 싶네. 특히 나를 배신하고 드래곤들을 모두 죽인 리디아는 반드시 내 손으로 죽일 생각이야."

"흠."

무혼이 고민하는 표정을 짓자 푸르카가 초조히 다시 말했다.

"부탁이야. 내 말을 들어 주면 지금껏 유례없던 가장 뛰어
난 품질의 차원의 보주를 만들어 주겠네."

"그런데 차원의 보주도 품질이 있소?"

"세상 어떤 것이든 품질이 없는 것이 어디 있겠나? 인간이
건 드래곤이건 누구 하나 똑같은 것이 없는데, 차원의 보주라
해서 예외일 수는 없지. 사실 차원의 보주야말로 어떻게 만드
느냐에 따라 그 능력이 천차만별이라 할 수 있네. 재료뿐 아
니라 연금술사의 능력과도 관계가 있어."

그 말에 무혼은 흔쾌히 고개를 끄덕였다.

"그렇다면 당신이 만들 수 있는 최고의 품질로 만들어 주
시오."

푸르카의 안색이 환해졌다.

"좋아. 약속 잊지 말게."

"난 약속은 반드시 지키니 염려 마시오. 그럼 나를 따라오
시오."

곧바로 무혼은 푸르카와 함께 트레네 숲에 설치된 포탈 마
법진을 타고 고바 제국에 있는 로즈 마탑의 본부로 향했다.
루디스도 그 뒤를 따랐다. 그의 손에 들려 있는 빛의 크리스
탈로 만든 병에는 현자의 눈물이 절반쯤 차 있었다. 푸르카는
그 정도면 차원의 보주를 만드는 데 충분하고도 남는다고 했

다.

로즈 마탑의 지하 연구실.

연구실은 본부의 지하에 위치해 있었는데, 무혼과 푸르카가 들어서자 그곳을 지키고 있던 샤로나가 깜짝 놀라 벌떡 일어났다.

무혼의 등장도 놀랐지만, 그보다 죽었던 푸르카가 살아 돌아왔으니 그녀는 순간 눈을 의심했다.

"로드? 정말 로드가 맞나요?"

"그럼 내가 누구로 보이냐?"

"으음, 글쎄요."

"벌써 내 얼굴도 잊었나 보구나, 샤로나."

푸르카가 인상을 확 구기자 샤로나는 흠칫 놀라며 그제야 고개를 끄덕였다.

"인상을 보니 확실히 로드가 맞군요. 호호."

"내 인상이 그리 더럽다는 말이냐?"

"그게 아니라……."

"됐다. 내 인상 더러운 거 나도 잘 알지. 아무튼 꼴 보기 싫은 로드가 살아 돌아왔으니 못마땅할 수도 있겠지만, 나 역시 더 이상 너희들의 로드 노릇을 할 생각은 없으니 염려 마라."

푸르카의 푸념 어린 말에 샤로나는 두 눈을 크게 떴다.

"그게 무슨 말씀이세요?"

"큭! 너희들에게는 이미 나보다 훌륭한 로드가 있지 않으냐? 그에 비하면 나는 로드라 할 수도 없는 보잘것없는 존재일 뿐이지."

"그렇지 않아요. 푸르카 님은 영원한 저의 로드이십니다."

순간 푸르카의 표정에 살짝 감동의 빛이 스쳤다.

"말이라도 고맙군. 하지만 난 더 이상 너의 로드가 아니다. 드래곤 로드 푸르카는 이미 죽었어. 지금의 나는 오직 복수의 화신일 뿐이다."

푸르카는 싸늘히 말을 한 후 탁자 위에 놓인 재료들을 훑어봤다. 그곳에는 현자의 눈물과 드래곤의 피를 제외한 여덟 가지의 재료들이 놓여 있었다. 거기에 루디스가 들고 있던 빛의 크리스탈로 만든 병을 내려놓자 남은 것은 드래곤의 피뿐이었다.

"흠, 재료에 별다른 문제는 없군."

푸르카는 재료들을 하나씩 집어 들어 특별히 이상이 있는지 살펴보고는 흡족하게 고개를 끄덕였다. 그때 연구실 문이 벌컥 열리며 아그노스와 포르티가 들어왔다.

"무슨 일인데 갑자기 우릴 부른 거야?"

"루디스! 벌써 현자의 눈물을 다 모은 것이냐?"

그러다 그들은 연구실 안에 무혼과 푸르카가 있는 것을 보고 깜짝 놀랐다. 특히 푸르카의 모습을 보는 순간 그들은 입을 쩍 벌리며 경악에 잠겼다.

"헉! 당신이 어떻게?"

"아니, 푸르카 님! 살아 계셨어요?"

Chapter 6
최상 품질의 보주

푸르카는 한숨을 내쉬며 말했다.

"제길! 벌써 몇 번째인지 모르겠군. 나는 살아 돌아왔으니 그리 이상하게 보지 마라. 나는 죽은 게 아니라 두 개의 생명 중 하나가 사라진 것뿐이야."

포르티의 두 눈이 휘둥그레졌다. 푸르카가 생명이 두 개라는 얘기는 그 역시 지난번에 들었던 터였다.

"설마 했지만 정말로 생명이 두 개였습니까?"

"그럼 너는 드래곤인 내가 거짓말을 했을 거라 생각했느냐? 엉?"

"흐, 그건 아닙니다만."

포르티는 머쓱하게 웃었다. 푸르카는 그런 포르티를 못마땅한 듯 한 번 노려본 후 고개를 돌려 아그노스를 노려봤다.

"아그노스! 넌 왜 네가 계속 차원의 보주를 만드는 데 실패하고 있는지 알고 있느냐?"

아그노스는 고개를 흔들며 솔직히 대답했다.

"아직 알아내지 못했어요. 아무래도 주문 때문이라 생각되지만……."

"틀렸다. 주문은 아무런 상관이 없어. 문제는 재료에 있다."

"재료라고요? 그럴 리가?"

아그노스는 이해할 수 없다는 듯 미간을 찌푸렸다. 그녀는 분명히 필리우스가 말한 재료를 모두 구했지 않은가.

그때 옆에서 듣고 있던 무혼이 고개를 갸웃하며 물었다.

"방금 전 분명 재료에 특별한 문제는 없다고 하지 않았소?"

푸르카는 처음 재료들을 살펴보고는 그것들에 아무런 문제가 없다며 흡족한 미소까지 지으며 말했었다. 그런데 왜 다시 재료가 문제라며 자신의 말을 번복하는 것일까?

무혼이 묻자 푸르카는 의미심장하게 웃으며 탁자의 맨 오른쪽에 있는 빈 잔을 가리켰다.

"다른 건 아무 문제가 없지. 문제는 바로 이거라네."

"그건 드래곤의 피를 담는 그릇이 아니오?"

"그렇지. 잘 알고 있군. 여기에 피 세 방울을 담아야 한다
네."

그러자 아그노스가 어깨를 으쓱하며 말했다.

"그래도 소용없던데요? 그동안 우리가 돌아가면서 피를 몇
번이나 뽑았는지 아세요? 오죽하면 포르티는 피가 말라 죽겠
다고 투덜거렸다고요."

"쯧! 바로 그게 문제였다. 각기 다른 드래곤 셋의 피를 한
방울씩 잔에 떨어뜨려야 하는데 넌 분명 드래곤 하나의 피를
세 방울씩 넣었을 거야. 그렇지 않으냐?"

그 말에 아그노스는 멍한 표정을 지었다. 그렇다. 왜 그 생
각을 못 해 봤을까? 그녀는 한숨을 내쉬며 말했다.

"하아! 그런 방법도 있었군요."

그 순간 포르티와 루디스, 샤로나의 인상이 험상궂게 구겨
졌다.

"크윽! 아그노스! 그런 것도 모르면서 내 생피를 그리 빼갔
다는 말이더냐?"

"으의! 정말 너무 하십니다."

"흑! 그럼 우린 쓸데없는 데 생피를 날린 것인가요?"

그들의 투덜거리는 말에 아그노스는 할 말이 없는지 머리
를 긁적이기만 했다. 그러다 이내 빙긋 웃으며 말했다.

"호호, 그럼 이제 마지막으로 너희들 셋이 피 한 방울씩만 뽑는 게 어때?"

"크의! 닥쳐라. 더 이상 생피는 못 준다."

"저도 더 이상 피는 못 뽑습니다."

포르티 등은 절대로 피를 내놓지 않겠다는 듯 단호한 표정을 지었다. 그 순간 푸르카가 섬뜩한 눈초리로 그들을 노려봤다.

"이봐? 그럼 지금 내 피를 뽑으라는 것이냐?"

"헉! 아닙니다. 까짓것 한 방울쯤이야."

"헤헤! 저도 한 방울이라면 얼마든지."

푸르카의 살벌한 기세에 포르티 등은 그 즉시 피를 뽑겠다며 단검을 빼 들었다. 그러자 푸르카는 큭 웃고는 고개를 흔들었다.

"됐다. 그냥 해 본 소리고 사실 너희들의 피는 필요 없다."

"필요 없다고요?"

"그래. 너희들 따위가 가진 저급한 피로는 최상급 품질의 보주를 만들 수 없단 말이야."

대놓고 저급한 피라고 말하니 포르티 등의 인상이 구겨졌다.

'뭐? 저급? 하여간 말 하고는?'

'흥! 아무리 그래도 저급한 피라니 너무 하잖아?'

무혼을 믿고 한 번 확 들이대 볼까 하는 충동이 들었지만, 그런 상황에서 무혼이 왠지 편을 들어줄 것 같지 않아 곧바로 포기하는 소심한 드래곤들이었다.

그때 푸르카는 아공간에서 작은 호리병 셋을 꺼냈다. 그는 그것들을 탁자 위에 내려놓으며 탄식했다.

"이게 뭔지 아는가, 무혼?"

"내가 어찌 알겠소?"

"큭! 이 병들 속에는 전대 드래곤 로드들의 정혈(精血)이 한 방울씩 들어 있다네. 아주 귀한 것이지. 그분들은 나와는 비할 수 없이 강한 능력을 지닌 분들이었고, 각각 한 방울씩의 피를 후대의 드래곤 로드에게 전해 주었단 말이야. 그런데 나는 이것들을 천 년 전 필리우스에게도 내주지 않았다네. 그 친구가 들으면 무척 섭섭해하겠지만."

푸르카가 선대의 드래곤 로드들의 피를 보관하고 있었을 줄이야. 그것도 딱 한 방울씩이라니 특이했다.

"왜 한 방울인지 궁금한가 보군. 정혈을 보존하기란 쉬운 일이 아니야. 그것도 최상급 차원의 보주를 만들기 위한 재료로서의 정혈은 사실 그 안에 자신이 가진 모든 것을 쏟아 부어야 하지. 따라서 아주 특별한 방법으로만 보관이 가능하고, 오직 한 방울, 그 이상은 불가능하다네."

무혼은 놀랐다.

"그렇다면 매우 귀한 것 같은데 사용해도 되겠소?"

"솔직히 고민을 많이 했어. 이 정혈들은 두 번 다시 구할 수 없는 것이고, 따라서 지금 만들려는 최상급 차원의 보주 또한 내 생전 두 번 다시 만들 수 없을 게 분명하니까."

푸르카는 말을 이었다.

"만일 자네가 마검 케이우스를 소멸시키지 않았다면 나 역시 이러한 결단을 내리지 못했을 거야."

"그 장면을 보지 않았으면서 어떻게 알고 있는 거요?"

"케이우스가 소멸되지 않았다면 놈에게 빼앗긴 나의 마나를 회복하는 데 상당히 오랜 시간이 걸렸을 거야. 그랬다면 이렇게 자네를 찾아오지도 않았겠지."

"마나를 되찾았다니 다행이오."

푸르카는 고개를 끄덕였다.

"인간으로서 드래곤 로드인 나보다 월등히 강할 뿐 아니라 마계의 마왕과 자웅을 겨룰 수 있는 이가 언제 또 나타날 수 있겠나? 솔직히 속이 무척 쓰리지만 자네 이외에는 이 정혈들의 주인이 될 자가 없네."

푸르카는 정말로 속이 쓰리다 못해 아픈 표정을 가감 없이 드러냈다. 무혼은 피식 웃었다.

"어차피 주기로 결정했다면 흔쾌히 주는 것이 어떻겠소? 그렇게 꼭 주기 싫은 표정을 지을 것까지는 없지 않소?"

푸르카가 인상을 구기며 대답했다.

"내가 다른 건 다 잘해도 한 가지 못하는 게 있지. 그게 바로 감정을 숨기는 거야. 나는 좋으면 좋고, 싫으면 싫은 게 분명하거든. 무혼, 자네처럼 도무지 무슨 생각을 하는지 모르게 하는 무심한 표정을 하는 건 불가능해."

"수련을 통해 얻어진 표정일 뿐이오. 나는 다섯 살 때부터 감정을 감추는 법을 배웠으니까."

"왜 그런 걸 배운 건가?"

"상대에게 마음을 읽히는 순간 목숨도 사라지기 때문이오."

"쯧! 괴물이 된 데는 다 그런 이유가 있었군. 하지만 누구나 그런 수련을 한다고 다 자네 같은 괴물이 되지는 않겠지."

무혼이 인상을 구겼다.

"그것참, 툭 하면 나보고 괴물이라고 하는데, 별로 듣기 좋은 말은 아니오."

"큭큭! 그런가? 그래도 지금 그 표정이 보기 좋군. 기분 나쁘다는 표정이라도 지으니 이제야 뭔가 인간 같은 느낌이 든단 말이야."

그 말에 무혼은 내심 어이가 없었다.

'인간도 아닌 드래곤이 별소리를 다 하는군.'

어쨌든 무혼으로서는 푸르카가 전대 드래곤 로드들의 정혈들을 사용해 지금껏 유례없는 최상급 차원의 보주를 만들어 준다는 말에 한껏 고무되었다.

드디어 그토록 고대하던 차원의 보주가 완성되는 것인가? 그사이 푸르카는 이미 작업에 돌입해 있었다.

그는 호리병들에 있던 전대 드래곤 로드들의 정혈들을 빈 잔에 모아 담은 후 그것을 현자의 눈물과 섞었다.

그리고 그렇게 섞인 액체를 나머지 재료들인 불, 물, 바람, 땅의 정화와 마족의 뿔, 의지의 잎사귀, 용맹의 투혼, 슬픔의 진주에 일정 분량으로 나누어 뿌렸다.

츠츠츠!

곧바로 각각의 재료들에서 고유의 빛이 흘러나오기 시작했다. 그리고 그것들은 이내 한데 어우러져 신비한 자색의 빛으로 화했다.

스스스!

그 순간 8가지 재료들이 모조리 가루로 변해 자색의 빛을 따라 휘돌더니 인간의 주먹만 한 크기의 구슬로 변했다.

그 구슬은 자색 빛에 휩싸여 허공에 둥둥 떠 있었다. 그 모습을 아그노스가 입을 쩍 벌린 채 경이적인 눈빛으로 쳐다봤다.

'세상에! 저런 방법도 있었구나.'

그녀도 웬만큼 연금술에 자신이 있었지만, 지금 푸르카가 하는 방식은 그녀와는 차원이 달랐다.

푸르카가 성질만 부려대는 심술쟁이 드래곤인 것 같아도 그가 공연히 드래곤 로드인 것은 아니었다. 마법뿐 아니라 연금술에 있어서도 포르티나 아그노스 등에 비해 몇 단계 상위의 수준에 있었으니까.

후우우우—

자색의 빛에 휩싸인 구슬이 허공에서 빠른 속도로 자전(自轉)하기 시작했다. 푸르카가 한숨을 크게 내쉬며 고개를 끄덕였다.

"잘 됐군. 이제 기다리는 일만 남았어. 무혼 자네가 이곳에 홀로 남아 차원의 보주가 완성되는 걸 지켜보게. 그래야만 차원의 보주가 자네에게 영구 귀속되게 될 거야."

"시간이 얼마나 소요되는지 알 수 있겠소?"

"완성 시간은 품질에 비례하지. 천 년 전에 필리우스에게 만들어 준 것은 대략 열흘 정도 소요되었는데, 이건 아마도 그 열 배는 더 소용되지 않을 듯싶군."

열흘의 열 배라면 무려 백 일! 그렇다면 무혼은 삼 개월이 넘는 시간 동안 이 연구실에 머물러 있어야 한다는 뜻이었다.

"백 일이라니! 나라면 지겨워서 못 견딜 거다."

"불쌍한 무혼! 백 일 동안 여기서 혼자 얼마나 심심할까?"

포르티 등은 무혼이 안됐다는 표정으로 쳐다봤다. 그러나 무혼은 오히려 잘됐다는 표정이었다.

"그 정도야 뭐 잠깐 수련 좀 하다 보면 금방 지나갈 테니 염려들 마라."

"으! 그놈의 수련! 수련! 지겹지도 않느냐?"

"호호! 어쨌든 난 마탑이나 키우며 놀고 있을 테니 그럼 고생해, 무혼. 백 일 후에 보자."

포르티 등은 힐끗 무혼과 푸르카의 눈치를 보더니 후다닥 나가 버렸다. 잠시 후 푸르카와 함께 연구실을 나간다면 귀찮은 일이 벌어질 것이라 생각했기 때문이다.

루디스와 샤로나도 어찌해야 할지 고민하며 서성이다 슬금슬금 연구실 밖으로 나갔다. 푸르카는 쓴웃음을 지으며 무혼을 쳐다봤다.

"다들 나를 피하는군. 뭐 어쩌겠나. 내가 그런 놈인걸."

"그러게 부하들에게 덕을 좀 베풀지 그랬소."

"덕은 개뿔! 그딴 것 안 해 줘도 충성할 놈은 다 충성하게 되어 있네. 저 녀석들이 간사한 것뿐이야."

푸르카는 포르티 등이 무척 못마땅한 듯했다. 무혼은 탁자 위에 가부좌를 틀고 앉으며 말했다.

"덕분에 차원의 보주를 얻을 수 있게 되었소. 완성되면 약속대로 당신을 마계로 데려가도록 할 테니 그만 돌아가 있으시오."

"흠."

그러자 푸르카가 뭔가 망설이는 듯한 표정을 지었다. 무혼은 고개를 갸웃하며 말했다.

"혹시 갈 곳이 없다면 트레네 숲에 머물러도 좋소. 물론 조용히 지낸다는 조건 하에서 말이오."

순간 푸르카가 발끈했다.

"크으! 갈 곳이 없다니. 아무리 내가 이 지경이 되었다 해도 명색이 드래곤 로드였네. 내가 어딘들 갈 곳이 없을 거라 생각하는가?"

무혼은 씩 웃었다.

"그게 아니라 보주가 완성되면 당신을 찾으러 가기 귀찮아서 해본 말이었소."

"트레네 숲에 나의 레어 앞으로 통하는 포탈 마법진을 설치해 두고 가겠네. 추후 보주가 완성되면 날 찾아오게."

"그렇게 해준다니 고맙소."

"그보다 한 가지 부탁이 있네."

"부탁?"

푸르카가 망설이는 표정을 지었던 것이 뭔가 부탁을 하려던 것이었을까? 무혼이 쳐다보자 푸르카가 돌연 두 눈을 섬뜩하게 번뜩이며 말했다.

"자네가 지난번에 켈사이크에게 펼쳤던 그 저주 말이야. 그걸 내게 펼쳐줄 수 있겠나?"

"그게 대체 무슨 말도 안 되는 소리요?"

무혼이 멍한 표정을 짓자 푸르카의 두 눈빛이 이글이글 타올랐다.

"실은 켈사이크 녀석의 냄새가 고약해 가두어 두었는데, 녀석이 그걸 참으려 노력하던 중 각성을 통해 몇 배는 강해졌다네. 나 또한 그걸 해 볼 생각이야. 이대로 마계에 가봤자 리디아에게 또 당할 테니, 고통스럽겠지만 나도 수련이라는 걸 해볼 생각이네."

"그럼 그냥 수련을 하면 되는 것 아니오? 왜 굳이 그런 끔찍한 저주를 몸에 지닌 채 하려고 하는 건지 모르겠소."

"자네는 우리 드래곤에 대해 잘 몰라. 나는 수천 년이 넘는 삶을 사는 동안 수련이라는 건 한 번도 해본 적 없네. 그저 저절로 주어지는 것을 누려 왔을 뿐이니까. 자네에게는 수련이 숨을 쉬듯 자연스러울지 모르겠지만, 드래곤들에게는 마치 한여름에 털옷을 입고 잠을 자는 것처럼 어색하고 불편하기 짝이 없는 일이라네."

"한여름에 털옷을 입고 잠드는 건 불편한 일이지만 수련으로 따지면 그 정도쯤은 그저 장난에 불과하오."

푸르카가 인상을 구겼다.

"자네가 아직도 잘 못 알아듣는 것 같으니 좀 더 쉽게 설명해 주지. 드래곤에게 수련이란, 인간으로 친다면 황제가 길거리에 나가 거지들 곁에서 구걸하는 것과 비슷하다고 할 수 있어. 황제가 차라리 칼을 빼 물고 죽으면 죽었지 그런 구걸을 할 것 같은가? 그만큼 단순히 불편한 정도가 아니라 도저히 할 수 없는 일이란 말일세."

"그럼 저주를 받게 되면 뭔가 달라지는 게 있소?"

"나도 몰라. 그래서 한번 겪어보려고 하네. 켈사이크 녀석도 각성을 했는데 나라고 못할 것 없지 않겠나."

무혼은 흔쾌히 고개를 끄덕였다.

"하긴, 처절한 고통을 참는 것도 수련의 일종이 될 수 있겠군. 당신 정도의 경지에 이른 이라면 그 같은 과정 속에서 적지 않은 깨달음을 얻을 수 있을 것이오."

"부디 그렇게 되길 바랄 뿐이네."

푸르카는 작정을 단단히 한 듯했다. 그러나 그런 그의 결연한 표정도 무혼이 아공간에서 저주의 향신료 가루가 들어 있는 호리병을 꺼내자 이내 흔들렸다.

'빌어먹을! 정말로 꼭 이렇게까지 해야 되는가?'

켈사이크의 처참했던 몰골을 떠올린 푸르카는 심각하게 갈등이 되지 않을 수 없었다. 번처럼 누렇게 변하는 피부에 상상을 초월한 악취가 진동할 생각을 하니, 갑자기 그것을 견뎌낼 자신이 없어졌다.

'아무래도 안 되겠군. 나는 도저히 그 꼴로는 못 산다.'

그는 무혼에게 그냥 없던 일로 하자고 얘기를 꺼내려 했다.

스스스.

그런데 그때는 무혼이 이미 푸르카의 몸에 저주의 향신료 가루를 뿌린 후였다. 곧바로 그의 피부가 누렇게 물들었고, 그의 몸에서는 머리가 지끈거리다 터져 버릴 것 같은 가공할 악취가 풍겨 나오기 시작했다.

당황한 푸르카가 다급히 외쳤다.

"헉! 자, 잠깐! 그냥 저주를 풀어주게."

무혼은 싸늘히 고개를 흔들었다.

"지금 장난하시오? 드래곤 로드답게 자신이 한 말에 책임을 지시오. 보주가 완성되면 당신을 찾아가 저주를 풀어줄 테니 그동안 잘 참아 보시오. 특별히 사룡 켈사이크 때보다 몇 배 더 강력한 저주를 걸었으니 잘 견디기만 하면 꽤 성과를 볼수 있을 것이오. 그럼 난 수련할 테니 이만."

그 말과 함께 무혼은 눈을 감아 버렸다. 동시에 푸르카의 몸이 그의 의지와는 상관없이 연구실 바깥으로 이동되었다.

"크윽! 자, 잠깐! 내 말 좀 들어보게."

무혼이 형성한 기의 막이 마치 결계처럼 연구실을 두르고 있어, 푸르카가 다시 들어가려 했지만 불가능했다. 그는 머리를 쥐어뜯으며 한동안 몸부림치다 일순 몸을 부르르 떨었다.

〈강해지는 것을 포기하겠다면 저주를 풀어줄 수 있소. 정말로 이대로 포기할 생각이오?〉

무혼의 전음이었다.

〈그냥 그 상태로 영원히 머무르고 싶다면 다시 연구실로 들어오시오. 저주를 풀어주겠소.〉

그 말을 듣는 순간 푸르카의 표정이 비장하게 변했다. 그의 뇌리에 리디아에 의해 비참하게 죽임을 당한 드래곤들의 모습이 떠올랐다.

무엇보다 그는 드래곤 로드였다. 자신은 대륙의 수호자이자 지배자로서 태어났지 누군가의 조롱거리가 되기 위해 태어난 것이 아니었다.

무혼과 같은 괴물이야 어쩔 수 없다 해도 마왕의 딸에게 농락당한 꼴은 견디기 힘들었다. 무혼이 마왕을 죽인다면 그는 적어도 마왕의 딸 리디아는 죽일 수 있어야 했다.

그렇지 않으면 무혼을 따라서 마계에 간다 한들 푸르카가 할 수 있는 것은 그저 무혼이 마족들을 죽이는 모습을 멀리서 숨죽이며 지켜보는 일 외에는 없었다. 그 또한 비참한 일이 아닐 수 없겠는가.

'크읙! 안 돼. 절대 수련을 포기할 수 없다.'

푸르카는 그 즉시 트레네 숲으로 이동한 후 그곳에 드래곤 산맥으로 통하는 포탈 마법진을 설치했다. 그러고는 곧장 드래곤 산맥에 있는 그의 레어로 이동했다.

그는 예전 켈사이크에게 했던 대로 그 스스로 자신의 레어에 갖가지 봉인 마법진을 펼쳤다. 물론 그런 봉인 마법진쯤은 그가 언제든 해제할 수 있지만, 앞으로의 백 일 동안 절대로 나가지 않고 견뎌내겠다는 각오를 다지기 위해 일부러 펼쳐둔 것이었다.

'크으으으! 이건 정말 보통이 아니구나. 이렇게 끔찍한 악취가 존재한다는 말인가.'

밀폐된 공간에서 밀려드는 악취는 소름 끼쳤다. 사룡 켈사이크가 당했던 것보다 몇 배 더 강력하다고 하더니 과연 허언이 아니었다.

그 아무리 지저분하고 더러운 환경에서도 자연적으로는 이토록 끔찍한 냄새가 나타날 수 없었다.

이는 작정하고 고통을 주고자 만든 지옥의 저주였다.

후각을 마비시켜도 소용없었다. 이 끔찍한 주술의 저주는 정신까지 파고들어 미치게 만드는 무서운 위력이 있었다.

'으득! 겨…… 견뎌 낸다. 나…… 나 역시 한계를 돌파해 보겠다.'

푸르카는 하루에도 수백 번은 더 뛰쳐나가고 싶은 충동을 참아야 했다. 수련을 포기하게 되면 영원히 지금 상태로 머물 것이라는 무혼의 말 때문이었다.

그렇게 하루를 참아내고, 다시 또 하루를 견뎌내고, 그런 식으로 시간은 계속 흘러갔다.

*　　　*　　　*

무혼이 연구실에 들어온 지 백 일이 지났다.

푸르카에게는 하루가 수백 년처럼 느릿하게 흘러갔지만 무혼에게 있어서 백 일이라는 시간은 매우 빠르게 흘러갔다. 밀폐된 연구실에서 무혼은 누구의 방해도 받지 않고 수련에 몰두할 수 있었고, 그 덕분에 마족들이 남긴 주술서와 마족들의 연금술에 관한 것들을 완벽히 이해하는 데 성공했다.

이제는 단순히 주술서에 나와 있는 주술을 이해하는 데 그치는 것이 아니라 조만간 그것들을 바탕으로 새로운 주술을 창안해 볼 수도 있을 듯했다.

그러나 지난 백일 동안의 가장 큰 쾌거는 바로 차원의 보주의 완성이었다. 푸르카가 예측한 대로 정확히 백일이 되는 오늘에야 보주는 자전을 멈췄다.

그리고 그것은 무혼의 오른팔에 착용되어 있는 투명한 팔찌로 스며들었다. 보주가 팔찌와 합체되어 버린 것일까? 그것은 이제 루인과 함께 무의식으로 들어가 팔찌의 자아인 소옥을 만나 보면 알게 될 것이다.

곧바로 트레네 숲으로 이동한 무혼은 루인을 찾았다. 감색의 로브를 입고 있는 루인은 하늘 호수의 중앙에 위치한 돌산의 정상에 올라가 있었다.

엘리나이젤이 예전에 루인에게 약속한 대로 그곳에 작은 정자(亭子) 비슷한 건물을 지어주고 공간 이동 마법진을 통해 오갈 수 있게 해 준 것이었다.

하늘 호수에 도착한 무혼은 멀리 돌산의 정상 위 정자에 앉아 있는 루인을 향해 가기 전 문득 멈춰 서서 고요한 호수의 수면을 쳐다봤다.

그 신비한 기경의 호수를 쳐다보면 항상 떠오르는 정령이 하나 있었다. 그녀가 죽은 지 벌써 반 년이 흘렀지만 무혼은 언제고 아르나가 호수의 수면으로 불쑥 떠오를 것 같은 느낌이었다.

물론 그것은 어디까지나 마음속의 바람일 뿐 현실에서 그녀는 죽었다. 한 번 죽은 인간이 살아날 수 없듯, 한 번 소멸된 정령 또한 다시 나타날 수 없음은 당연한 일이었다.

'아르나, 차원의 보주는 완성됐는데 왜 너는 내 곁에 없느냐? 널 꼭 팔찌의 노예에서 해방시켜 주고 싶었는데 말이야.'

무혼은 다른 어떤 것보다 그것이 안타까웠다. 아르나가 죽더라도 자유로운 상태에서 죽었다면 좋았을 것을.

물론 아르나는 팔찌의 노예 상태에서 해방되었더라도 무혼을 떠나지 않았을 것이다. 또한 그녀를 노예로 부리길 원하지 않는 무혼의 마음을 알고 있기에, 설령 팔찌의 노예로부터 풀려나지 않아도 무혼에게 진심으로 충성했을 것이다.

그러나 무혼은 정말로 그녀를 자유롭게 해 주고 싶었다.

처음 살막에서 벗어나 막 자유를 얻었던 무혼은 아르나가 한낱 팔찌에 얽매여 노예 상태로 있는 것이 마음에 들지 않았다. 무혼은 바로 그 때문에 차원의 보주를 구해 팔찌의 진정한 주인이 되겠다고 다짐했었다.

그런데 정작 무혼에게 그러한 동기를 주었던 아르나는 소멸되어 사라졌으니 무혼으로서 어찌 씁쓸하지 않을 수 있겠는가.

'아르나! 이 호수를 볼 때마다 나는 널 기억할 것이다. 부디 편히 잠들어라. 너의 복수는 반드시 해 주마.'

무혼은 하늘 호수의 잔잔한 수면을 부드럽게 쓰다듬고는 훌쩍 날아올라 돌산의 정상 위로 올라섰다.

"이곳에 있었소, 루인?"

무혼이 갑자기 번쩍하고 나타나자 루인은 깜짝 놀랐다. 그녀는 한 손으로 가슴을 쓸며 무혼을 노려봤다.

"당신은 항상 이렇게 홀연히 나타나는군요."

"놀랐다면 미안하오."

무혼이 멋쩍은 듯 머리를 긁적이자 루인은 풋 웃었다.

"괜찮아요. 그런데 무슨 일이시죠?"

"드디어 차원의 보주가 완성되었소."

그 말에 루인은 두 눈이 커지더니 환호를 날렸다. 그녀 역시 무혼 못지않게 차원의 보주가 완성되기를 고대하고 있었던 것일까?

"후후, 이제 차원의 바다를 여행할 수 있겠네요."

"정말로 그게 가능한지는 들어가서 확인해 봐야 할 거요."

"저야말로 바라던 바예요."

루인은 기대가 되는지 두 눈을 반짝이며 양손을 내밀었다. 무혼은 즉시 그녀의 손을 마주 잡았다.

화아악!

곧바로 루인의 두 눈에서 나온 푸른빛이 둘의 몸을 감쌌다.

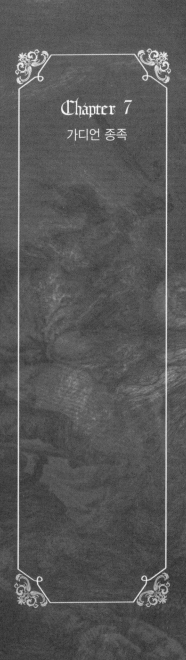

Chapter 7

가디언 종족

철썩! 촤아아아—

연녹색의 물결이 밀려드는 백사장. 하늘은 맑고 바람은
시원했다. 백사장 안쪽으로 펼쳐져 있는 울창한 숲은 파릇
파릇한 생기가 가득 넘쳤고 갖가지 이름 모를 화려한 꽃들
이 숲의 지면을 아름답게 장식하고 있었다.

루인은 감색 로브를 입은 상태였고, 무혼은 아그노스가
준 번쩍이는 흑색의 옷을 입은 상태였다.

이것이 이전과 달라진 특이한 점이었다. 그동안 이곳 무
의식의 차원 세계에 들어올 때마다 무혼의 복장은 무혼의
의사와는 관계없이 뭔가에 의해 정해졌다.

처음에 들어왔을 때는 살막에서 탈출하던 당시의 마의를 입고 장도 한 자루를 허리에 찬 채였고, 지난번에는 그와 다른 복장에 검과 도 한 자루씩을 양쪽 허리에 찬 채로 들어왔었다.

그것이 무혼이 미처 자각하지 못하는 무의식의 어떤 영역에서 자연스레 결정되는 것인지는 알 수 없지만, 무혼으로서는 그런 식으로 자신의 장비와 복장이 의사와 상관없이 정해지는 것이 그리 달갑지 않았었다.

그러나 지금은 현실에서 입던 복장 그대로였다. 무의식의 세계로 들어왔지만 무혼은 달라진 것이 없었다. 심지어 손가락에 끼고 있는 아르쿠스의 반지도 그대로 착용되어 있었다. 또한 주술의 아공간도 열 수 있어, 그 안에 넣어둔 물건들도 얼마든지 꺼낼 수 있었다.

"무슨 생각을 하고 있어요?"

루인이 다가와 물었다.

"나의 복장이 현실과 동일해서 말이오. 루인, 당신 역시 마찬가지군."

"저 역시 그게 무척 신기하게 느껴지고 있었죠. 아마 당신이 차원의 보주를 얻은 덕분이 아닐까요? 그로 인해 모든 제약이 사라진 것이 분명해요."

"내 생각도 그런 것 같소."

무혼은 고개를 끄덕이고는 숲을 향해 걸음을 옮겼다.

"이제 팔찌의 자아인 소옥을 만나러 가 봐야겠소."

"그녀가 무척 기뻐하겠군요."

그러다 그녀는 무혼이 갑자기 멍하니 멈춰 서 있는 모습을 보고 고개를 갸웃했다. 그러나 그녀 역시 숲에 펼쳐진 풍경을 보고 깜짝 놀라지 않을 수 없었다.

백사장에서는 보이지 않아 몰랐지만, 숲에 들어오자마자 숲의 정경이 확 달라져 있음을 알 수 있었다. 갑자기 숲이 사라지고 드넓은 초원 비슷한 공간이 나타난 것이다.

그리고 초원 멀리 웬 성 비슷한 게 하나 보였는데 사방으로 각각 거대한 기둥들이 존재하고 있어 성으로의 출입을 가로막고 있었다.

남쪽으로는 회오리치는 물의 기둥이, 북쪽으로는 이글거리는 불의 기둥이, 서쪽으로는 거대한 돌개바람이, 동쪽으로는 시커먼 흙먼지로 이루어진 돌풍이 상공 높은 곳까지 뻗쳐 있었다.

그저 쳐다보기만 해도 섬뜩한 느낌이 드는 네 개의 기둥들.

육체로 이루어진 인간은 물론이요, 정령이나 드래곤이라 해도 감히 접근이 불가능한 어떤 신성한 영역 같아 보였다. 현자인 루인이라 해도 그 성의 정체가 전혀 짐작이 가지 않았다.

"저게 뭘까요?"

"낸들 알겠소? 일단 루인, 그대는 이곳에 있으시오. 내가 안에 한 번 들어가 보고 오겠소."

무혼이 저 소름 끼치는 네 개의 기둥들이 있는 성으로 들어간다고 하자 루인은 깜짝 놀라서 말리려 했다. 그러나 그녀가 미처 만류하기도 전에 무혼의 신형은 이미 그 성 근처에 이르러 있었다.

휘이익—

무혼이 남쪽 성벽 근처로 접근하자 그 앞에 있는 물의 기둥이 더욱 사납게 회오리치며 성으로의 진입을 막았다. 그러나 무혼이 검을 휘두르자 물의 기둥 일부가 동굴처럼 뻥 뚫려 버렸다. 무혼은 그 안을 가볍게 지나쳐 성으로 들어갔다.

성 안은 텅 비어 있었다. 내부의 건물은 하나도 없이 성벽만 존재하는 성이었다니.

그런데 다행히 무혼에게 낯익은 이가 보였다. 소옥이었다. 그녀는 이전과 달리 백색의 찬란한 로브를 입은 채 푸른색의 검을 손에 쥐고 성의 중앙에 서 있었다.

"무혼, 드디어 왔구나."

무혼이 다가가자 소옥은 환하게 웃으며 말했다. 무혼은

고개를 끄덕였다.

"오랜만이군. 내가 차원의 보주를 얻은 걸 알고 있느냐?"

"물론이야. 넌 팔찌의 진정한 주인이 되었어."

"그렇군. 그런데 이 성은 대체 뭐냐?"

"무혼 너의 성이야."

"나의 성?"

"네가 차원의 보주를 얻으면서 너의 세계에 이 성이 지어지고 있어. 이 성은 앞으로 네가 모험을 통해 발굴하고 정복할 모든 세계의 중심이 되는 성이 될 거야."

모험을 통해 세계를 발굴하고 정복한다? 소옥은 갈수록 뜻 모를 소리를 하고 있었다. 무혼은 미간을 찌푸리며 물었다.

"그러니까 결론은 내가 이 성의 주인이란 얘기군. 그런데 이 성이 아직 지어지고 있다는 것이냐?"

"이 성은 완성되지 못하고 있어. 성의 건설을 방해하는 자들 때문이야."

"방해하는 자들?"

"네가 들어올 때 보았던 네 기둥들. 그들은 각각 물, 불, 바람, 땅의 기운을 가진 자들의 조종을 받고 있어."

"혹시 정령들이야?"

"아니, 로아탄이야."

"로아탄?"

"로아탄은 드래곤보다 한 차원 높은 수준에 있는 종족이야. 보통 가디언이 되기 위해 태어난 종족이라고 해서 그냥 가디언 족이라 부르기도 해."

소옥은 마족이나 드래곤처럼 로아탄 또한 하나의 종족이며, 그들은 오직 누군가를 주인으로 섬기며 그를 지키기 위해 존재한다고 했다.

그러한 로아탄들은 일반적인 세계의 수호자라 불리는 드래곤보다 상위의 존재로, 드래곤보다 훨씬 강력한 능력을 지니고 있다는 것이었다.

그러나 그런 가디언들보다 훨씬 강한 초월자들이 존재하는데 바로 그들이 정령왕들이며, 또한 마왕들이었다. 무혼이 상대해야 할 유레아즈는 바로 초월자의 영역에 속해 있었다.

그러고 보니 무혼은 포티아로부터 자신이 가디언이 되기 위해 태어났다는 말을 들은 적이 있었다. 그렇다면 포티아도 로아탄인 것인가?

"그런데 로아탄들이 왜 성의 건설을 방해하고 있는 거냐?"

"자세히는 모르지만 아마 텃세를 부리는 걸 거야."

"텃세?"

"아무튼 성이 완성되려면 그들을 반드시 설득해야 해. 굴복시킬 수 있다면 좋겠지만 그들은 너무 강해서 그것은 불가능할 거야. 아마 성주인 네가 겸손하게 허리를 숙이고 부탁하면 앞으로 이 성을 잘 지킬 수 있도록 도와줄지도 몰라. 그 대가로 뭔가 조건을 제시할 수도 있겠지만 말이야. 자존심 상하더라도 최대한 정중하게 부탁해 봐."

무혼은 고개를 끄덕였다.

"좋아. 그거야 그렇다 치고, 대체 이 성의 정체는 뭐냐? 갑자기 왜 내 무의식의 세계에 이런 엉뚱한 게 생겨난 거지?"

소옥이 웃었다.

"사실 나도 당황스러워. 이런 적은 처음이거든. 아마 네가 가진 차원의 보주가 워낙 엄청나다 보니 벌어진 현상일 거야. 예전에 필리우스는 그저 마법진을 통한 차원 여행이나 가능했을 뿐이거든."

그녀는 말을 이었다.

"어쨌든 이 성은 네가 수호하게 될 모든 세계의 중심이 되는 곳이 분명해. 상황이 다급하니 내가 해줄 수 있는 얘기는 많지 않아. 자세한 건 너와 함께 온 빛의 현자가 모두 알려줄 거야."

"루인 말이야? 그녀도 이 성의 정체를 모르고 있던데?"

"아직은 그렇지만 조만간 넌 그녀를 통해 네가 궁금해하는 모든 걸 알게 될 거야."

"그냥 네가 알려줄 수는 없는 거냐?"

그러자 소옥이 초조한 표정을 지었다.

"내가 알고 있는 건 제한적이야. 하지만 빛의 현자는 스스로 모든 걸 깨닫게 돼. 그녀가 있다는 게 네게는 축복과 같다는 말이지. 앞으로 난 이 성을 수호하는 담당이고, 네게 뭔가를 알려주는 건 빛의 현자가 할 일이야. 아무튼 넌 지금 빨리 그들을 설득해야 해. 안 그럼 이 성벽들이 무너져버릴지도 몰라."

"좋아. 그들이 어디 있는지 말해라."

"저쪽 지하로 내려가 잠시 걸으면 부두가 나올 거야. 그곳에 작은 배가 있어. 그 배에 오르면 돼."

소옥이 손을 휘젓자 바닥에 지하로 통하는 계단이 나타났다. 무혼은 그쪽으로 걸으며 물었다. 궁금한 건 많지만 일단 급한 일부터 처리하기로 했다.

"그런데 배를 타고 어디로 가야 방해꾼들이 나오는지는 알려줘야 하지 않겠느냐?"

"그 배는 내가 조종하니까 걱정 마. 네가 올라타기만 하면 알아서 그들이 있는 곳으로 이동할 거야."

그 말에 무혼은 즉시 지하 계단을 타고 내려갔다. 바닥에 도착하니 앞쪽에 동굴이 있었고, 그 동굴을 따라 빠르게 이동하니 바깥으로 통하는 출구가 보였다.

철썩! 좌아아아!

출구 바깥으로 바다가 보였는데 소옥의 말대로 배를 댈 수 있는 부두가 만들어져 있었다. 그리고 부두에는 십여 명 정도가 탑승할 수 있을 만한 작은 배 한 척이 대어져 있었다.

무혼은 주저 없이 배에 올랐다.

좌아아아!

놀랍게도 배가 빠른 속도로 부두를 벗어나 바다로 나아가기 시작했다.

'돛도 없고, 노도 없는데 스스로 움직이는 배라. 뭔가 마법이 깃들어져 있는 건가?'

무혼도 이제 웬만한 마법은 펼칠 수 있었고, 특히 주술에 있어서는 상당한 경지에 이르러 있었다. 작정하고 만든다면 스스로 움직이는 배 한 척 만드는 거야 아주 간단한 일이니 그리 놀랄 만한 일은 아니었다.

그러나 이 사납기 그지없는 차원의 바다를 아무렇지도 않게 누비는 배를 만들어 내기란 불가능한 일이었다. 놀랍게도 지난번에 무혼이 뗏목을 타고 나왔을 때는 그토록 난리를 치던 바다가 지금은 아주 얌전했다.

'이 또한 차원의 보주가 가진 힘인가? 정말 이곳 세계는 내가 이해할 수 없는 부분이 너무 많군.'

무혼은 그사이 망망한 바다로 들어서 있었다. 배는 마치 바람과 같은 속도로 물살을 갈랐고, 잠시 지나자 앞쪽에 큼직한 섬 하나가 시야에 들어왔다.

'섬이라?'

무혼의 두 눈이 커졌다. 무혼은 지금 자신이 떠 있는 바다가 보통 흔히 볼 수 있는 바다가 아니라 차원의 바다라는 사실을 루인을 통해 들어 알고 있었다.

그렇다면 차원의 바다 앞에 나타난 섬은 대체 무엇일까? 혹시 차원의 바다를 지나왔으니 혹시 저 섬은 새로운 세계는 아닐까?

그러나 섬 위에 우뚝 서 있는 거대한 형체의 괴물들을 보는 순간 무혼은 그러한 생각이 사라졌다.

언젠가 이 차원의 바다를 멀리까지 항해하다 보면 정말로 새로운 세계를 발견하게 될지는 모르지만, 적어도 이 눈앞에 보이는 섬은 그런 것이 아닌 듯했다.

가까이 접근하니 섬은 꽤 넓었는데 섬에는 온통 흙더미로 뭉쳐진 거대한 형상의 괴물들이 득실대고 있었다. 그리고 그것들의 중앙에 가히 수백 장은 됨직한 크기의 거인이 두 눈을 부릅뜬 채 무혼을 향해 포효를 날렸다.

"쿠아아아아! 감히 이곳이 어디라고 나타났는가, 불청객이여!"

거인의 포효와 음성은 뇌성처럼 사방으로 울려 퍼졌다. 수백 장이 넘는, 그저 서 있는 것만으로 거대한 산을 연상케 하는 거인의 호통에 일순 바다가 요동치며 출렁거렸다.

"나의 성이 지어지는데 방해꾼이 있다고 해서 왔지. 딱 보니 성의 동쪽에 땅 기둥을 세워 놓은 게 너로군. 좋게 말할 때 치워라. 후회하고 싶지 않다면 말이야."

무혼은 싸늘히 외쳤다. 소옥은 설령 자존심이 상하더라도 최대한 로아탄들의 비위를 맞춰 그들을 설득하라고 했지만, 무혼은 당연히 그럴 생각이 없었다.

"크크큭! 네가 누군지 알겠다. 가소로운 인간이여! 너는 어찌 감히 나 이아스의 영역에서 허락 없이 성을 지으려 하느냐?"

그 말에 무혼이 미간을 좁혔다.

"내 땅에 내 성을 짓는 것도 남의 허락을 받아야 하는가?"

"물론이다. 나의 영역 안에 있는 섬들은 나의 허락을 받지 않으면 아무것도 할 수 없지. 네가 성을 짓고 싶다면 나를 로드로 섬기겠다고 맹세를 해라. 그러면 땅의 기둥을 치워 주마."

순간 무혼의 손에서 한 줄기 하얀 섬광이 일어났다.

번쩍!

이아스의 거대한 동체가 부르르 떨렸다.

방금 전 날아온 정체불명의 빛은 그의 몸에 수직선을 그었다. 그것만으로도 충분히 놀랄 만한 일이지만, 그보다 더욱 경악할 만한 일은 그 빛이 그가 가진 힘의 근원들을 살짝살짝 건드리고 돌아간 것이었다.

이아스는 몸 전체에 세 군데나 되는 힘의 근원을 가지고 있었다. 그것들은 드래곤으로 치면 마나 하트이고, 정령으로 치면 정령 하트와 같은 것으로, 그것들이 파괴되면 이아스는 그 즉시 소멸되게 되어 있었다.

공교롭게도 그 힘의 근원들은 무혼이 내리그은 수직선상에 모두 위치했다. 무혼이 그냥 아무 뜻 없이 수직선을 그은 것이 아니라는 것이었다. 그것은 섬뜩한 경고였다.

"죽고 싶으냐?"

무혼이 짤막하게 물었다. 이아스는 두려움에 몸을 떨었다. 이 상황에 무슨 다른 말이 필요하겠는가? 그는 즉시 거대한 몸체를 숙여 무혼 앞에 엎드렸다.

"땅의 로아탄 이아스가 로드를 배알합니다. 당신은 저를 꺾었으니 저의 영원한 로드가 될 자격이 있습니다. 당신의 수호 가디언이 되게 허락해 주시겠습니까?"

무혼은 고개를 끄덕였다.

"좋아. 널 가디언으로 받아들이지. 일단 당장 그 지저분한 땅 기둥부터 깨끗이 치워 놓도록 해라."

"후후후, 로드. 그건 염려 마십시오. 그런데 다른 로아탄 녀석들이 감히 로드의 일을 방해하고 있으니 명하시면 제가 놈들을 혼내주겠습니다."

"그들은 내가 직접 징계할 것이니 걱정 마라."

뜻밖에 강력한 부하를 얻게 된 무혼은 흡족한 미소를 지었다. 지금 이 눈앞에 있는 거인 가디언 이아스는 고양이 가디언 포티아를 능가하는 능력을 지니고 있었다.

예전에 포티아를 제압할 때는 극강기를 폭발시켜 심장 하나를 부셔 버렸지만, 오늘 이아스에게는 특별히 심검의 영역에서 발출하는 극검광을 펼쳐 보았다.

극검광(極劍光).

이것은 오러의 응축된 형태인 강기나 극강기보다 훨씬 자유로운 형태이면서도 위력이 훨씬 강력했다. 심지어 실드처럼 몸을 두르는 호신광(護身光)의 형태로도 변환이 가능했다. 호신광이 펼쳐지면 극강기가 지척에서 폭발을 일으켜도 막아낼 수 있었다.

무혼이 극검광을 실전에서 써먹어 본 것은 이번이 처음

이었는데 썩 훌륭했다.

"로드, 그럼 저는 성으로 돌아가 있겠습니다."

이아스가 우렁차게 외쳤다. 곧바로 그의 몸이 먼지처럼
부서졌고, 그의 주위에 있던 수많은 괴물들 역시 먼지가 되
어 부서졌다.

촤아아! 쏴아아아아!

그 순간 바닷물이 세차게 출렁이더니 거대한 상어의 주
둥아리 형상의 물살이 형성되었고, 그것은 섬을 사정없이
씹어 먹기 시작했다.

'......!'

무혼은 그 모습을 보고 놀랐다. 바다에서 생겨난 거대한
물의 입이 섬을 씹어 먹는 기괴한 장면을 보게 될 줄이야.
차원의 바다가 섬을 무슨 비스킷처럼 와작와작 집어삼켜
버리고 있었다.

'순식간에 섬 하나가 사라졌군.'

이는 가디언 이아스가 섬에서 사라진 순간 벌어진 일이
었다. 그때 배가 다시 이동했다.

(세상에! 땅의 로아탄 이아스를 굴복시키다니 정말 대단해,
무혼.)

소옥의 경탄성이 무혼의 귓전을 울렸다. 무혼이 피식 웃
으며 대답했다.

(멀리서도 다 보고 있었느냐?)

(물론이지. 네가 타고 있는 배가 곧 나의 몸이나 마찬가지인 걸. 앞으로도 넌 이 배를 타고 차원의 세계를 모험하게 될 거야.)

(그렇군. 다음은 어디냐?)

(가디언 와테르. 그는 물의 로아탄이야. 이곳에 있는 로아탄 중 가장 강한 힘을 가지고 있으니 조심해야 돼.)

(알았다. 어서 출발해라.)

한참을 나아가자 전면에 거대한 물기둥이 하나 보였다. 그 물기둥으로 인해 바다와 하늘이 연결되어 있는 것처럼 보일 정도였다.

좌아아아!

바다가 세차게 출렁였다. 하늘 높이 치솟은 바닷물들이 날카로운 창처럼 변해 비처럼 쏟아져 내렸다. 갑자기 배가 움찔하더니 멈춰 섰다.

(왜 멈추는 것이냐?)

(더 이상 접근했다간 위험해. 지금 와테르는 매우 화가 난 상태이고 네게 매우 강한 적개심을 갖고 있어. 일단 돌아간 후 나중에 와테르의 화가 풀린 후에 다시 오는 게 좋겠어.)

물의 로아탄 와테르의 가공할 기세에 아무래도 소옥이 겁을 먹은 듯했다.

(소옥, 내가 이아스를 제압한 것을 보고도 모르겠냐? 저 로아탄은 나의 적수가 되지 못한다. 겁먹지 말고 앞으로 가라.)

(알았어.)

소옥은 마지못한 듯 천천히 앞으로 나아갔다. 질풍처럼 질주할 때와는 다른 소심한 모습이었다.

추아아아아아!

그때 차원의 바다가 더욱 세차게 요동치더니 거대한 물기둥 와테르가 무혼을 향해 빠른 속도로 접근해 왔다. 이대로 저 물기둥에 휘말리면 배는 산산이 부서지고 말 것이다. 소옥의 떨리는 음성이 들려왔다.

(괜찮을까?)

(물론이다.)

무혼은 자신을 향해 돌진해 오는 와테르를 담담히 쳐다봤다.

스르릉.

무혼의 두 눈에서 흑광이 번뜩이는 순간 그의 왼쪽 허리에 있던 검이 검갑을 빠져나갔다. 흑색의 짙은 광채로 휩싸여 있는 검이 날아오자 와테르는 흠칫 놀라더니 멈춰 섰다.

그는 황급히 전면에 수막을 형성시켰지만, 흑색 광채에 휩싸인 검은 수막들을 가볍게 뚫어 버렸다. 그러다 물기둥 안에 진입한 그 검이 수직으로 솟구쳐 올랐고, 일순 폭발했다.

콰아아앙!

그 순간 상공 높은 곳, 그야말로 하늘까지 맞닿아 있는 듯 높아 보였던 물기둥의 상단이 허물어지듯 터져 버렸다.

추아아아아아악!

그로 인해 퍼져 나간 물들이 하늘을 뒤덮으며 바다로 떨어져 내렸다. 그러나 그것들은 마치 자석처럼 달라붙으며 순식간에 본래의 물기둥으로 복원되었다.

"쿠쿠쿠쿠쿠! 그따위 잔재주로 나를 어찌할 수 있다 믿는가? 인간! 널 영원한 차원의 미아로 만들어 주마."

물기둥 즉, 로아탄 와테르는 아까보다 더욱 험한 기세로 무혼을 향해 접근해 왔다.

"내 경고가 약했나 보군."

무혼은 무심한 표정으로 아공간에서 다섯 자루의 검을 꺼냈다.

슉! 슈슉!

그것들이 일제히 흑색의 광채를 뿌리며 와테르를 향해 날아갔다. 그 순간 와테르는 흠칫 놀랐다.

빛살처럼 날아드는 극강기의 검들이 노리는 위치는 정확히 그가 가진 힘의 근원들이 있는 곳이었다. 만일 그곳들이 일제히 폭발하면 와테르는 수만 년이 넘었던 장구한 삶의 종지부를 찍게 될 것이다.

"자, 잠깐! 제, 제가 졌습니다!"

거대했던 물기둥이 순식간에 작아졌다. 그것은 물기둥의
모습 그대로 슥 엎드리며 머리 부분을 조아렸다.

"물의 로아탄 와테르, 드디어 로드가 되실 분을 찾았군
요. 부디 저를 당신의 가디언으로 받아주십시오."

무혼은 고개를 끄덕였다.

"허락한다. 당장 가서 나의 성 밖에 세워 놓은 물기둥을
치워 버려라."

"예, 로드. 그 전에 이것들을 좀 어떻게……."

그러고 보니 흑색의 극강기에 둘러싸인 다섯 자루의 검
들이 마치 살아 있는 새들처럼 와테르의 주위를 빙 둘러 회
전하고 있었다.

무혼이 손을 휘젓자 검들의 검신에 맺힌 극강기의 광채
가 사라졌다. 검들은 차례로 날아와 무혼이 펼친 주술의 아
공간 속으로 이동했다.

철컥!

단, 한 자루의 검은 아공간이 아닌 무혼의 왼쪽 허리에
매달려 있는 검갑으로 들어갔다.

사실 아공간을 쓸 수 있는 무혼은 굳이 검을 허리에 매
달고 다닐 필요는 없었다. 필요할 때 아공간에서 빼내 쓰면

되지, 굳이 거추장스럽게 매달고 다닐 필요가 있겠는가.

그러나 무혼에게 있어 허리의 검은 결코 거추장스러운 것이 아니었다. 무혼은 아무리 마법이나 주술을 통해 검을 수천 자루 이상 아공간에 보관할 수 있다 해도, 한 자루 혹은 두 자루의 검은 허리 부근에 장착해 두어야 마음이 편했다.

(소옥, 다음은 누구냐?)

(호호! 이제 바람의 로아탄 위느드와 불의 로아탄 피르에가 남았어. 먼저 위느드가 있는 곳으로 갈 거야.)

소옥의 음성은 들떠 있었다. 무혼이 로아탄 중 가장 강력한 능력을 지닌 와테르를 굴복시킨 이상 나머지 두 로아탄을 굴복시키는 것도 충분히 가능할 것이기 때문이었다.

촤아아아!

무혼의 배가 위느드가 있는 곳으로 사라지는 모습을 물의 로아탄 와테르가 멍하니 쳐다봤다.

'노…… 놀랍군. 단순한 차원의 수호자가 아닌 초월자급 수호자가 나타날 줄이야. 드디어 이곳 세계에도 전설의 용자가 출현한 것인가?'

무려 다섯 개나 되는 힘의 근원을 가진 와테르는 로아탄 족 중에서도 최상급 능력을 보유하고 있었다. 그런 그를 가볍게 굴복시키는 자라면 초월자의 영역에 있는 이들 외에는 없었다.

'틀림없어. 그는 용자로서의 자격이 충분하다.'

로아탄으로 태어나 초월자적 능력을 지닌 용자의 가디언이 되는 것처럼 영광스러운 일은 없었다. 그러한 용자는 매우 희귀한 존재로, 그 어떤 초월자들 보다 위대한 존재였다.

대부분의 로아탄들은 마왕이나 정령왕 혹은 초용족(超龍族)과 같은 초월자들의 가디언이 되어 살아간다.

초용족은 용족이지만 보통의 드래곤들과는 차원이 다른 전혀 별개의 종족이었다. 자린화룡, 천화린룡, 라비아스와 같은 존재들이 대표적인 초용족으로 그들의 능력은 어지간한 마왕이나 정령왕들의 능력을 능가한다고도 알려져 있었다.

가디언으로서의 운명을 타고난 로아탄들은 그런 초월자들의 가디언이 되는 것이 일생의 행복이며, 삶의 목적이었다. 그러나 그중에서 초월자적 용자의 가디언이 되는 로아탄은 거의 없었다.

용자란 존재 자체가 극히 희귀할 뿐 아니라, 그들은 굳이 로아탄을 가디언으로 두지 않아도 그 못지않게 강한 부하들을 수두룩하게 데리고 있기 때문이었다.

다른 초월자들은 로아탄들을 하나라도 더 가디언으로 데

리고 있으려고 집착하는 데 반해, 용자들은 그러한 집착을 하지 않았다.

그 이유는 용자 스스로가 계속 강해지는 무서운 능력을 가지고 있듯, 그의 부하들 중에도 그와 동일한 능력을 가지고 있는 이들이 많기 때문이다.

로아탄의 능력은 운명처럼 정해진 후 변하지 않지만, 용자의 부하들은 처음에는 형편없이 약해도 시간이 갈수록 강해지고, 나중에는 로아탄들보다 강해지기 일쑤였으니까.

물론 용자들이라 해서 모두가 강한 것은 아니다. 거의 대부분의 용자들이 로아탄들은 물론이요, 심지어 드래곤들보다 약하기 때문이었다.

당연히 와테르가 인정하는 용자의 범주는 그러한 풋내기 약한 용자들이 아닌 초월자의 영역에 이른 극소수의 용자들로 한정되어 있었다. 와테르가 보기에 무혼이 바로 그러한 수준에 이른 초월자적 용자, 이른바 절대 용자였다.

Chapter 8
용자의 옥좌

쒸이이이잉!

상공에 거대한 회오리구름이 형성되어 있었다. 조금 전 와테르가 형성했던 물기둥과는 달리 상공에 있던 구름들이 바람에 휘말려 가공할 구름의 소용돌이가 생겨난 것이었다.

번쩍!

흑색의 번쩍이는 멋들어진 옷을 입은 흑발 청년이 오른손에 쥔 검을 앞으로 내민 순간 전방의 공간에 새하얀 빛의 선이 뇌전처럼 번뜩였고, 그것이 끝이었다.

회오리 구름이 수십 조각으로 깨지더니 사방으로 흩어져 버렸다. 잠시 후 흑발 청년 무혼의 앞에 작은 회오리 구름이 나타나더니 공손히 말했다.

"바람의 로아탄 위느드! 지금껏 로드와 같은 분을 기다렸지요. 부디 저를 가디언으로 받아 주십시오."

"좋아. 이제부터 위느드, 넌 나의 가디언이다. 속히 가서 성 앞의 바람기둥을 치워라."

"예, 로드."

위느드가 사라졌다. 순간 구름이 걷히고 맑은 하늘이 드러났다. 차원의 바다에서 보는 하늘은 평소의 푸른 하늘이 아닌 특이한 보랏빛을 띠는 하늘이었다.

하늘이 자주색이라! 하늘만 쳐다봐도 이곳이 보통의 세계와는 다른 곳임을 직감할 수 있으리라.

좌아아아!

무혼이 탄 배는 마지막으로 불의 로아탄 피르에가 있는 곳으로 향했다.

피르에는 불타오르는 새 형상의 로아탄이었다. 상공을 정신없이 날아다니며 무혼을 향해 마구 불덩어리를 날려댔지만 그 역시 무혼의 극검광에 의해 힘의 근원들이 위협받자 이내 굴복했다.

힘의 근원이 두 개인 피르에의 능력은 오늘 굴복한 로아탄 중에서 가장 약했다. 그의 능력은 대략 포티아와 흡사한 수준이었다.

비로소 무혼은 로아탄들이 가진 힘의 근원의 숫자에 비례에 그들의 능력이 강해진다는 사실을 알 수 있었다.

포티아 역시 힘의 근원인 심장이 두 개 존재했고, 그것은 피르에 역시 마찬가지였다. 둘의 능력이 비슷한 것은 힘의 근원이 두 개이기 때문이리라.

물의 로아탄 와테르
땅의 로아탄 이아스
바람의 로아탄 위느드
불의 로아탄 피르에

새로운 가디언 넷이 생기자 무혼은 든든했다. 이들이 있다면 무혼의 부재시에도 어지간히 강력한 적이 몰려오지 않는한 트레네 숲이 위협을 받을 일은 없을 것이다.

이중 가장 강한 로아탄은 와테르였다. 가장 약한 로아탄인 피르에도 이로이다 대륙의 드래곤 로드인 푸르카보다 월등히 강한 능력을 지니고 있었다.

그사이 무혼이 탄 배는 다시 본래의 부두로 돌아왔다. 무혼은 배에서 내려 동굴을 따라 이동한 후 계단을 따라 올라갔다.

성에 올라 보니 특이한 것이 두 개가 있었다. 일단 황량했던 성의 중앙에 작은 건물 하나가 생겨나 있다는 것, 그리고 각 방위의 성벽들이 제각각의 빛을 띠고 있는 것이었다.

남쪽 성벽은 푸르스름한 빛, 북쪽은 붉은빛, 서쪽은 연녹색의 빛, 동쪽은 갈색빛이었다. 딱 봐도 물, 불, 바람, 땅 속성의 로아탄들이 성벽 하나씩을 맡아 방어를 하고 있다는 것을 알 수 있었다.

'로아탄 가디언들이 있으니 따로 병력을 배치해 방어를 담당시킬 필요가 없겠군.'

세상의 그 어떤 성벽이 이보다 튼튼할 수 있겠는가.

얼마 전 트레네 숲을 공격했던 리디아는 물론이고 어지간한 최상급 마족이나 드래곤들이 떼로 몰려와도 이 성은 끄떡없을 것이다.

무혼은 다시 중앙의 건물로 시선을 돌렸다. 어디로 갔는지 소옥의 모습은 보이지 않았고, 루이니 어리둥절한 표정으로 그 건물 앞에 서성이고 있었다.

"무혼 님?"

"성에 들어와 있었소?"

"성 외부에 있던 기둥들이 차례로 없어지기에 들어와 봤어요. 그런데 무슨 성에 집이 달랑 하나뿐일까요?"

"그거야 내가 묻고 싶은 말이오. 이제 당신이 이 상황을 좀 설명해 주시겠소?"

그러자 루인은 두 눈을 동그랗게 떴다.

"제가 어찌 알겠어요? 저도 이런 신기한 장면은 처음 보는데요."

"소옥은 현자인 당신이 모든 걸 설명해 줄 거라 했소."

"제가요? 무슨 수로요?"

순간 무혼의 귓전에 소옥의 음성이 들려왔다.

(무혼, 건물 안에 들어가면 2개의 방이 있는데 그중 푸른빛으로 반짝이는 방이 현자의 방이니 루인에게 들어가 보라고 해.)

(그런데 왜 넌 모습을 감추고 있는 것이냐?)

(자아체인 나와 대화를 나눌 수 있는 존재는 오직 무혼 너뿐이야. 다른 이들은 나를 볼 수도 없고 나의 말을 알아들을 수도 없어. 현자도 예외일 수 없지.)

(그나저나 이 집은 또 뭐지?)

(그건 현자가 설명해줄 거야.)

(네가 설명해 주면 되잖아.)

(내가 알면 이미 설명해 줬겠지.)

무혼은 고개를 끄덕이고는 루인에게 말했다.

"팔찌의 자아인 소옥이 이 건물 안에 현자의 방이 있다고 하니 들어가 보시오."

"현자의 방이요?"

"그 안에 들어가면 당신이 많은 것을 알게 될 거라고 하오."

"음, 그러죠."

루인은 무혼을 따라 건물 안으로 들어갔다. 커다란 거실의 좌우로 두 개의 방문이 보였다.

방문 하나는 백색으로, 다른 하나는 푸른빛으로 반짝이고 있었다. 무혼은 루인을 푸른빛의 방 안으로 들여보내고는 다른 방에 들어가 보았다.

방은 꽤 넓었다. 중앙에는 알 수 없는 커다란 마법진 같은 것이 그려져 있었고, 푹신해 보이는 의자 하나가 그 위에 놓여 있었다.

(소옥, 저 마법진은 뭐냐?)

(그건 나도 궁금해하고 있어. 아마 현자가 설명해 줄 거야.)

(일단 저 의자에 앉아볼까?)

(호호! 말리진 않겠지만 무슨 일이 벌어질지 난 장담 못 해.)

무혼은 거실로 나왔다. 무턱대고 의자에 앉지 말고 루인이 뭔가를 알아올 수도 있으니 기다려 보기로 했다.

잠시 후 현자의 방에 들어갔던 루인이 방문을 열고 거실로 나왔다. 그사이 그녀의 표정에는 적지 않은 변화가 있었다. 얼굴은 상기되어 있었고 두 눈빛은 또렷하면서도 차분하게 빛났다.

"뭔가 좀 알아냈소, 루인?"

무혼이 묻자 루인은 빙그레 웃으며 대답했다.

"덕분에 좀이 아니라 꽤 많은 걸 알게 되었네요. 하나씩 설명해 보자면 차원의 보주를 얻게 되면서 무혼 님의 무의식에 자리하던 이곳 성은 이제 실제 세계와 연결이 될 수 있게 되었어요."

"알아듣기 쉽게 설명해 보시오. 이 성이 어떤 식으로 어디에 어떻게 연결이 된다는 것이오?"

"과정을 설명하긴 쉽지 않아요. 솔직히 말하면 저도 잘 몰라요. 확실한 건 이 성이 잠시 후 트레네 숲으로 이동하게 된다는 거예요. 앞으로는 더 이상 저의 손을 맞잡고 이곳에 들어오지 않아도 된다는 것이죠."

무혼은 고개를 갸웃했다.

"그러니까 이 성이 통째로 공간 이동이라도 한다는 것이오?"

"비슷해요. 그리고 하늘 호수를 통해 당신은 차원 여행을 할 수 있게 될 거예요."

"하늘 호수가 차원의 바다로 변한다는 건가?"

"하늘 호수는 지금과 다름없어요. 다만 차원의 보주를 가진 당신이 배를 탔을 경우에만 차원의 바다로 이동되는 거죠."

"무슨 말인지 알았소."

무혼이 고개를 끄덕이자 루인이 백색 빛에 휩싸인 방문을 가리키며 말했다.

"자, 이제 저 방에 들어가 의자에 앉아 보세요."

"보지도 않았으면서 저 방에 의자가 있는지 어찌 아는 것이오?"

"저도 그게 신기해요. 다른 것들도 뭐든 이렇게 척척 알면 얼마나 좋을까요?"

루인은 정말로 신기해하는 표정이었다. 무혼은 피식 웃으며 방문을 열었다.

"저 마법진 위에 놓인 의자에 앉으면 뭐 좋은 거라도 있소?"

"저건 용자의 옥좌라고 해요. 오직 당신만 앉을 수 있는 특별한 의자라 당신에게 많은 지혜를 줄 거예요. 아마 당신이 궁금해하는 걸 대부분 스스로 깨닫게 될걸요."

"정말로 그렇게 된다면 좋겠군."

무혼은 곧바로 걸어가 의자에 앉았다. 그 순간 마법진에서 찬란한 빛이 일어났다. 동시에 무혼의 앞쪽에 커다란 물방울과 같은 것이 생겨나더니 그곳으로부터 낯익은 지형이 비치는 것이었다.

그것은 마법의 입체 지도였다. 예전 화산성 사만다의 창문에 있던 것과 흡사했지만 그와는 비교할 수 없이 정교했다.

마법의 입체 지도가 비추는 지형은 다름 아닌 트레네 숲이었다. 무혼은 방대한 트레네 숲의 모든 곳을 마치 상공 높은 곳에서 내려다보듯이 한눈에 바라볼 수 있었다.

특이한 것은 현재 트레네 숲의 네 방위에 거대한 성벽 비슷한 게 생겨난 것이었다.

물론 그 성벽은 일반적인 성들과 같은 석벽이 아니라 결계와 흡사한 것들이었다. 무혼의 네 가디언들이 각각 한 방위씩을 맡아 트레네 숲의 사방을 성벽으로 둘러싸듯 보호하고 있는 것이다.

루인이 경탄성을 질렀다.

"아! 정말 놀랍군요. 트레네 숲 자체가 거대한 성이 되었어요."

"성이 통째로 이동한다는 게 바로 이것을 뜻하는 것이었군."

루인은 고개를 끄덕였다.

"이제 당신의 성은 무의식이 아닌 이곳 트레네 숲에 존재하게 되었어요. 트레네 숲 자체가 당신의 성이라 할 수 있죠."

입체 지도에는 현재 무혼이 있는 위치도 잘 나타나 있었다. 다름 아닌 최근 다시 완공된 트레네 숲 북부 로드의 성 안이었다.

로드의 성 중앙에는 거대한 원형의 탑과 같은 건물이 지어져 있었는데, 그 건물의 최상층이 로드인 무혼의 거처였다.

놀랍게도 본래는 무의식의 세계에 위치했던 용자의 옥좌가 로드의 성에 있는 무혼의 방으로 그대로 이동한 것이다. 무혼과 루인도 함께 말이다. 그러나 그 정도는 놀랄 것도 아니었다.

'……!'

용자의 옥좌에 앉으면 스스로 많은 걸 깨닫게 될 거라 하더니 정말이었다. 무혼은 이질적인 지식들이 자신의 머릿속으로 들어오는 것을 느끼며 전율했다.

그것들은 차원의 보주와 그것을 통해 차원을 이동하는 방법과 관련된 지식들이었다. 가장 놀라운 것은 초월자적 존재로서의 용자에 대한 지식이었다.

'그러니까 내가 바로 이곳 이로이다 대륙이 속한 세계의 용자가 된 것이군.'

용자라고 하니 뭔가 거창한 것 같지만 사실 본래 무혼이 추구하던 삶과 크게 다를 바는 없었다. 유레아즈와 같은 사악한 마왕의 세력으로부터 이곳 세계를 지키는 초월자적 능력을 가진 수호자가 바로 용자였으니까.

이는 단순히 최상급 차원의 보주를 얻어서 벌어진 것이 아니라, 무혼의 능력이 이미 초월자의 경지에 이르러 있기에 가능한 일이었다. 무혼은 자연스럽게 그러한 사실을 깨달았다.

어딘가에 존재한다는 다른 용자들은 각자 용자의 시련을 통해 상당한 기간이 되어야 초월자적 능력을 가지게 되는데, 무혼의 경우는 그러한 시련이 따로 필요 없이 이미 최상급 용자로서의 완성된 능력을 가지고 있었다.

이는 용자의 세계에서도 매우 기이한 일이 아닐 수 없었다. 세상에 수많은 길이 존재하듯, 용자로 가는 길도 무수히 많은데, 그중 무혼의 길이 유별나도록 특별한 것이었다.

그러나 세상에 힘이 주어지면 그만한 책임이 뒤따르는 법이 아니겠는가. 그만큼 무혼이 상대해야 할 적이 강력하다는 것을 의미하기도 했다.

무혼은 아득한 고대로부터 마왕 유레아즈에 의해 적지 않은 용자들이 죽임을 당했고, 그들이 속한 세계가 유레아즈의 마계로 흡수되어 버렸다는 사실도 깨달았다.

용자가 된 무혼에게 사명처럼 주어진 임무!

그것은 바로 유레아즈의 마계로 흡수되어 버린 세계들을 자유롭게 해 주고, 나아가 그 모든 악의 근원인 유레아즈를 해치우는 일이었다.

그 이후에 또 다른 마왕들을 찾아 해치우든 말든 그것은 무혼의 자유일 것이다. 당장 중요한 건 이로이다 대륙을 항시 위협했던 유레아즈의 마계를 파괴하는 것이니까.

"용자가 된 것을 진심으로 축하드려요, 무혼 님."

무혼이 스스로 용자에 대한 각성을 이룬 것을 눈치챈 루인이 환하게 웃으며 말했다. 무혼은 씩 웃으며 고개를 끄덕였다.

"고맙소. 앞으로도 지금처럼 나를 도와주시오, 루인."

"보잘것없는 능력이지만 저의 도움이 필요하다면 얼마든지 도와드리겠어요."

루인은 겸손하게 말했지만 그녀의 능력은 결코 보잘것없지 않았다. 그녀는 무의식의 세계를 통해 원하는 세계를 찾아내는 특별한 능력이 있었다.

무혼이 방대한 차원의 좌표 중에서 유레아즈가 속한 마계와 그에게 복속된 세계의 좌표를 손쉽게 찾아내려면 루인의 현자로서의 능력이 반드시 필요했다.

그렇지 않으면 무혼이 유레아즈의 마계를 찾아내는 데만도 망망한 차원의 바다에서 상당히 오랜 시간, 어쩌면 아주 아득한 시간을 헤매야 할 수도 있었다.

물론 그것 자체도 흥미로운 모험이 될 수 있을 것이다. 차원의 바다를 누비다 발견한 새로운 대륙은 곧 새로운 세계를 의미하니 그처럼 흥미진진한 일이 어디 있겠는가. 그러나 그런 모험은 유레아즈를 해치우고 난 이후에야 할 일이었다.

한편 그때 트레네 숲에는 한바탕 소동이 벌어지고 있었다.

갑자기 외부에 정체불명의 거대한 성벽 같은 결계들이 생겨났기 때문이었다.

무혼이 루인과 함께 로드의 성에서 하늘 호수로 이동하자 엘리나이젤이 다급한 표정으로 달려와 말했다.

"로드! 숲에 이상한 일이 벌어졌습니다. 지금 숲의 외부에 가공할 결계가……."

무혼은 빙긋 미소 지었다.

"알고 있소. 그렇지 않아도 그에 대해 설명해 주려 했소."

"이미 알고 계셨습니까?"

"물론이오. 트레네 숲을 둘러싼 새로운 결계들은 새로 얻은 나의 가디언들이 펼친 것이오. 그들은 마족과 같은 사악한 세력이 숲을 공격할 때만 능력을 드러낼 것이니 신경 쓰지 않아도 되오."

그 말과 함께 무혼은 자신이 용자가 되었다는 것을 얘기해 주었다. 또한 새로운 가디언들의 정체가 바로 로아탄들이라는 것도.

"오오! 용자라 하셨습니까, 로드?"

엘리나이젤도 용자란 존재에 대해 알고 있었던 것일까? 그는 두 눈이 휘둥그레져 있었다.

"그대도 용자에 대해 알고 있었소?"

"하하하, 제가 이것저것 들은 것은 제법 많지요. 용자라 불리는 초월적 존재가 어딘가 존재는 한다고 하지만 고대로부터 이곳 이로이다 대륙에는 제대로 출현한 적이 없었기에 그저 전설로만 알고 있었을 뿐입니다. 그런데 로드께서 그 전설의 용자가 되셨다니 실로 믿기지 않는군요. 정말 축하드립니다. 이는 트레네 숲의 경사가 아닐 수 없습니다. 하하하!"

무혼은 멋쩍게 웃었다.

"어쩌다 보니 용자가 되었을 뿐이오. 뭐 그리 대단하게 생각하진 마시오. 그보다 하늘 호숫가에 배를 띄울 수 있게 부두를 만들어야겠소. 쓸 만한 배도 한 척 부탁하오."

"예, 바로 준비하겠습니다."

엘리나이젤은 바쁘게 움직였다. 그것들이 준비되는 사이 무혼은 동쪽의 드래곤 산맥에 다녀오기로 했다.

푸르카가 저주를 받은 와중에도 자신의 레어 앞쪽으로 통하는 공간 이동 마법진을 만들어 두었기에 무혼은 그것을 이용했다.

츠으으읏!

짙푸른 마법진의 빛이 일어났다 사라진 순간 무혼은 푸르카의 레어 앞으로 이동해 있었다. 무혼이 나타난 것을 어떻게 알았는지 푸르카가 반색하는 표정으로 번쩍 레어 바깥으로 뛰쳐나왔다.

"크으으읏! 드…… 드디어 와…… 왔나……?"

그의 몸에는 가공할 악취가 진동했고 그는 피골이 상접한 것처럼 야위어 있었다. 무혼이 손을 휘저어 저주를 풀어주자 악취는 흔적도 없이 사라졌다. 피부도 정상으로 회복되었다.

"후우……!"

푸르카는 저주가 풀린 것이 믿기지 않은 듯 잠시 멍한 표정을 짓다가 이내 짙은 한숨을 내쉬었다.

"이제 좀 살 것 같군. 젠장!"

투덜거리는 그의 두 눈에는 살짝 물기가 맺혀 있었다. 얼마나 고생이 심했으면 천하의 드래곤 로드 푸르카가 눈물을 다 글썽이는 것일까? 무혼은 안쓰럽다는 듯 그를 쳐다봤다.

"그사이 꽤 성취를 본 듯하오."

"자네 덕분이지. 저주가 때론 기회가 되기도 한다는 걸 깨달았네."

"원한다면 다시 저주를 걸어주겠소."

"크윽! 닥치게! 그건 두 번 다시 못할 짓이야."

푸르카는 무슨 소리냐는 듯 무혼을 노려보며 전신을 부르르 떨었다. 복수를 해야 한다는 마음에 필사적으로 견뎌내긴 했지만 그가 두 번 다시 반복할 수 없는 일임은 확실했다. 한 번은 멋모르고 했다지만, 그 고통이 어떤 것인지 알고 난 이상 두 번은 할 수 없었다.

'크으! 더 이상 내게 각성 따윈 필요 없어. 그냥 생긴 대로

산다. 때려죽여도 그런 미친 짓은 다시 못해.'

극한의 고통 속에서 몸부림칠 때는 심지어 리디아에 대한 복수심조차도 떠오르지 않았다. 저주가 풀리니 다시 복수심이 새록새록 밀려오긴 했지만 말이다.

"크흐! 자네가 보기엔 어떤가? 지금 나의 능력으로 리디아를 이길 수 있겠나?"

"대략 비슷하지만 당신이 아주 약간 우위에 있는 것 같소."

그 말에 푸르카의 안면이 일그러졌다. 그는 각성을 통해 그의 한계를 초월해 예전에 비할 수 없이 강해진 터라 리디아 정도는 손쉽게 이길 수 있다 확신하던 중이었다.

그러나 리디아보다 아주 약간 우위에 있는 수준이라고 말하자 그로서는 실망을 금치 못했다. 그래도 그보다 까마득히 상위의 영역에 이르러 있는 무혼의 말이니 틀림이 없을 것이었다.

무혼이 물었다.

"그럼 좀 더 수련하겠소?"

"됐네. 리디아를 이길 수만 있다면 상관없어."

"만일 그녀가 마검 케이우스와 같은 무기를 들고 있다면 당신이 이기기란 불가능하오."

순간 푸르카의 안색이 딱딱하게 굳어졌다. 그는 탄식하며 말했다.

"그땐 자네가 도와주겠지. 그렇지 않나?"

"우리가 서로 도움을 줄 만큼 친한 사이였소?"

"치사하게 그러지 말게. 차원의 보주에 들어간 그 정혈들이 얼마나 엄청난 것인 줄 아는가?"

푸르카가 못마땅한 표정으로 무혼을 노려봤다. 무혼은 피식 웃었다.

"알았소. 그런 일이 벌어지면 무기 정도는 빼앗아 주도록 하겠소."

"그 정도면 충분하네."

"그럼 잠시 후 마계로 출발할 테니 준비를 마치면 바로 트레네 숲으로 오시오."

"알겠네."

푸르카가 고개를 끄덕이자 무혼은 마법진을 통해 사라졌다. 푸르카는 돌연 숙연한 표정으로 자신의 레어와 지금은 봉인되어 있는 많은 드래곤들의 레어들을 쳐다봤다.

"으득! 리디아! 대체 저 불쌍한 드래곤들이 무슨 죄가 있다고 다 죽였느냐? 나는 네년을 절대 용서하지 못한다."

푸르카의 두 눈에서 섬뜩한 한광이 폭사되었다. 주먹을 꽉 말아 쥔 그는 일순 털썩 주저앉았다.

"크으읏! 내가 진정 어리석었다. 나의 어리석음이 아니었다면 너희들이 그렇게 어이없게 죽지는 않았을 것인데……."

뚝! 뚜뚝—!

고개 숙인 그의 두 눈에서 눈물이 맺혀 아래로 떨어져 내렸다. 폭군과 같았던 그의 두 눈에도 저토록 굵은 눈물이 존재할 줄이야.

그는 진심으로 슬퍼하고 있었다. 시간이 꽤 지났지만 그의 마음속에서 드래곤들의 죽음은 여전히 과거가 아닌 현재 속에 존재했으니까.

"크득! 드래곤들이여! 비참하게 죽은 나의 드래곤들이여! 너희들을 지켜 주지 못한 이 못난 로드를 용서해라. 이제 나는 마계로 간다. 반드시 리디아, 그 사악한 년을 갈가리 찢어 죽여 너희들의 한을 풀어 주마."

푸르카는 울부짖으며 손등으로 눈물을 닦았다.

멀리서 그런 그의 모습을 보며 놀라는 드래곤들이 있었다. 다름 아닌 루디스와 샤로나였다.

그들은 자신들의 로드인 푸르카가 이토록 드래곤들의 죽음을 슬퍼할 줄은 몰랐다. 툭하면 찢어 죽인다느니, 때려죽인다느니, 식충이가 어떠느니 욕을 하기 일쑤였던 푸르카가 아니었던가.

그러나 돌이켜보면 말만 그랬지 푸르카가 실제로 드래곤들을 찢어 죽이거나 때려죽인 적은 없었다. 푸르카는 그렇게 죽은 드래곤들이 많다고 말하지만 그것을 눈으로 목격한 드래곤들은 없었다.

사실 푸르카는 성질이 더러워서 드래곤들을 종종 주눅 들게 만들기는 했지만, 그들에게 손찌검을 한 적도 거의 없었던 것이다.

"로드! 기운 내십시오. 저희가 있지 않습니까?"

"그래요. 로드. 힘내세요."

루디스와 샤로나가 눈물을 글썽이며 다가갔다. 푸르카가 흠칫 놀라더니 고개를 돌려 그들을 쳐다봤다. 워낙 슬픔에 젖어 있어 그들이 오는 것조차 몰랐던 것이다.

"힘을 내라니. 무슨 헛소리들이냐?"

푸르카는 짐짓 아무런 일도 없었다는 듯 시치미를 뚝 떼며 평소의 험상궂은 표정으로 돌아왔다. 샤로나가 그를 흘겨보며 말했다.

"울고 있던 것 다 봤거든요."

"큭! 빌어먹을! 울긴 누가 운다는 말이냐? 갑자기 눈에 먼지가 좀 들어가서 눈을 좀 씻고 있었을 뿐이다."

루디스가 한숨을 내쉬며 말했다.

"좀 솔직하면 어때서 그러십니까? 저는 로드의 그런 모습이 보기 좋은 데요."

그러나 푸르카는 코웃음 쳤다.

"쓸데없는 소리들은 관둬라. 그보다 여긴 왜 왔느냐?"

"여기에 저희들의 레어가 있으니 당연히 돌아왔죠. 로드께서 계신 곳이 우리의 집이잖아요."

샤로나의 말에 푸르카의 눈빛이 살짝 흔들렸으나 그는 이내 싸늘히 고개를 흔들었다.

"돌아가라. 나는 더 이상 너희들의 로드가 아니다. 내게는 그런 자격이 없어."

"돌아가지 않겠습니다. 여기가 저희의 집이니까요."

푸르카는 큭 웃었다.

"너희들이 그런다고 내가 무슨 감동이라도 할 줄 아느냐? 하찮은 동정 따위는 필요 없다."

"동정이 아닌 충성입니다."

루디스는 결연한 눈빛으로 대답했다. 샤로나 역시 마찬가지였다. 푸르카는 한숨을 내쉬었다.

"어차피 난 마계로 간다. 너희들이 여기에 있어 봤자 좋을 것 없어. 트레네 숲에 있는 게 안전할 것이다."

"저희는 여기서 로드께서 돌아오시길 기다리고 있겠습니다."

푸르카가 인상을 구겼다.

"잔소리 말고 트레네 숲으로 가서 기다리란 말이다. 너희들이 여기 있다가 혹시라도 리디아 그 년이 나타나면 살아남을 수 있을 것 같으냐? 드래곤 중에서 가장 약한 녀석들 주제에 눈치라도 좀 빨라야지, 하여간 내가 큰소리를 안 내려고 해도 안 낼 수가 없어."

"……!"

그 순간 루디스 등은 푸르카가 자신들을 쫓아내려 한 이유가 그들의 안전을 위한 것임을 깨닫고 눈물을 글썽였다. 푸르카는 또다시 리디아와 같은 마족들에게 루디스 등이 희생될까 봐 두려워하고 있는 것이다.

"흥! 그럼 진작 그렇게 말씀하시지 그러셨어요?"

샤로나가 코웃음을 치며 노려보자 푸르카의 인상이 다시 구겨졌다.

"샤로나! 간이 배 밖으로 나왔구나. 감히 내 앞에서 코웃음을 치다니 제정신이냐?"

"간이 좀 부은 건 사실이지만 할 말은 해야겠어요."

"닥쳐라! 할 말 못할 말 구분 못 하고 지껄이다가 죽은 드래곤들이 수두룩하다는 걸 모르는구나."

"호호! 어디 죽일 테면 죽여 보세요. 우릴 죽이고 나면 누가 로드를 로드라 불러 줄까요? 혼자 노는 것도 지겨울 걸요."

푸르카가 한숨을 내쉬며 투덜거렸다.

"제기랄! 켈사이크 녀석이 빨리 와야 이 간 부은 놈들의 기강을 잡을 텐데, 녀석은 어디서 꾸물대고 있는지 모르겠군."

그 말에 루디스 등은 어색하게 웃었다.

"흐흐! 켈사이크 님도 성질이 많이 죽었던데요. 예전 같지 않을 겁니다."

푸르카는 코웃음 쳤다.

"아무튼 나는 트레네 숲으로 가야겠으니 너희들은 알아서 갈 길을 가도록 해라."

그 말과 함께 그는 트레네 숲으로 통하는 마법진 위로 올랐다. 루디스 등도 그를 따랐다.

Chapter 9
출항

　그사이 하늘 호수에는 큼직한 부두가 하나 생겨났다. 무혼
이 자그만 부두를 하나 만들라 했지만, 엘리나이젤은 어지간
한 항구에나 있을 만한 큼직한 부두를 만들어 놓았다.

　그러한 부두가 생기자 엘프들과 거족들은 모두 궁금해 했
다. 하늘 호수가 꽤 넓은 곳이긴 하지만 강이라면 모를까, 호
숫가에 이토록 커다란 부두가 생겨난다는 것은 매우 특이한
일이었다.

　그런데 모두들 경악하는 사건이 또 벌어졌다.

　부두 앞에 돌연 큼직한 범선 한 척이 나타나 있었던 것이
다. 대체 이토록 커다란 범선이 난데없이 어디서 나타난 것인

가? 강을 타고 올 수도 없는 호수에서 말이다.

물론 이는 드래곤 포르티와 아그노스가 벌인 일이었다. 그들은 무혼이 배를 준비하라고 했다는 말에 곧바로 대륙 북부 항구로 날아가 그중 가장 근사한 범선 한 척을 구입한 후 이곳으로 공간 이동시켰다.

덩치가 워낙 거대한 범선이다 보니 공간 이동시 마정석을 좀 소모하긴 했지만 그래도 그들이 생각하기에 로드인 무혼의 체면이 있지 하찮은 중소형 배를 구한다는 것은 있을 수 없는 일이었다.

"하하하! 어떠냐, 무혼? 이 정도면 아주 훌륭하지? 막 새로 건조된 것으로 이름은 이로이다 호라고 지었다."

포르티의 말에 무혼은 어이없어하는 표정을 지었다.

"소형 배 한 척이면 되는데 무슨 이런 대형 범선을 준비했느냐?"

그러자 이번에는 아그노스가 웃으며 대답했다.

"호호! 싸게 샀으니 걱정 마. 그럼 우린 이로이다 호에 유용한 마법진들을 좀 설치할 테니 넌 천천히 준비해."

"마법진?"

포르티가 히죽 웃으며 대답했다.

"평범한 범선 따위로 대양을 누비다간 귀찮아진다고. 해적이라도 나타나면 어떻게 할 것이냐? 우리가 미리미리 준비를 해 둘 테니 무혼 넌 염려마라."

웬 해적? 차원의 바다에 해적이 어디 있다는 말이냐?

그나저나 무혼이 데려간다는 말도 하지 않았건만, 포르티와 아그노스는 당연히 자신들도 함께 갈 거라 판단한 듯싶었다.

확실히 드래곤들이다 보니 눈치가 빠른 것일까? 그들은 무혼이 하늘 호수에 공연히 부두를 만들고 배를 준비하라 지시하지는 않았을 것이란 판단을 내린 모양이었다. 그들은 무혼이 이 배를 타고 차원 여행을 떠날 것이라 확신하고 있었다.

또한 그들뿐 아니라 적지 않은 이들이 이 배를 타고 싶어한다는 것을 무혼은 눈치챌 수 있었다. 현자 루인은 물론이요, 로빈과 한스, 트롤 모리스, 자이언트 오크 라개드, 블러디 오우거 적풍, 황금뿔 미노타우루스 오스느크, 엘프 오네트와 셀라스 등등 트레네 숲의 일원 중 거의 모두가 배를 타기를 열망했다.

그러나 무혼은 지금 어디로 놀러 가는 것이 아니다. 마계라는 극히 위험한 세계를 정벌하러 가는 마당이라 아무나 배에 태울 수는 없는 일이었다.

그래서 무혼은 일대일로 상급 마족과 붙어 이길 수 있는 실력을 가진 이가 아니면 태우지 않는다는 제한을 걸었다. 상급 마족과 싸워 이기려면 거의 드래곤에 육박하는 실력을 가지지 않고서는 불가능했다.

"무혼, 그럼 저도 데려가지 않을 건가요?"

"설마 따라오려고 했소? 마계는 위험한 곳이니 당신은 당연히 갈 수 없소."

루인이 서운한 표정을 지으며 투덜거렸다.

"그럼 마계의 좌표를 찾기 힘들걸요."

그 말에 무혼은 씩 웃었다.

"좌표는 이미 알아낸 것으로 알고 있소. 좌표만 알려주면 소옥이 알아서 마계로 찾아갈 테니 염려 마시오."

"분명 차원의 바다로 함께 여행을 가겠다고 약속해 놓고 이렇게 약속을 저버리는군요."

"그 약속은 잊지 않았소. 마계를 정벌한 이후에 순수한 차원 여행 목적으로 항해를 할 때는 반드시 당신을 데리고 가겠소."

"아쉽지만 그때를 기다리고 있을게요. 부디 조심하세요."

루인은 작은 두루마리 한 장을 내밀었다. 받아서 펼쳐보니 유레아즈 마왕이 점령한 마계의 좌표가 라티지드 문자로 상세히 적혀 있었다.

"고맙소, 루인."

"고맙긴요. 그건 유레아즈의 마계에 속한 숱한 대륙 중 한 곳에 이르는 막연한 좌표일 뿐이에요. 아직 저의 능력으로는 여기서 그곳 대륙들의 세세한 좌표까지는 알아낼 수 없어요. 방대함으로 치면 유레아즈의 마계는 이로이다 대륙의 수백 혹은 수천 배가 넘을지도 모를 텐데 그곳에서 어떻게 유레아즈가 있는 곳을 찾을지 걱정되는군요."

"염려 마시오. 마계를 찾는 것이 어렵지 일단 마계에 상륙하기만 하면 그때부터는 문제될 게 없소. 그냥 한 곳씩 차근차근 점령해 가면 되는 것이오."

무혼은 루인을 안심시키려 말한 것이지만 루인은 어깨를 으쓱하며 고개를 흔들었다.

"음, 그건 별로 좋은 방법이 아니네요. 그러다 백 년도 넘게 걸리면 어쩌려고요?"

"그럼 뭐 다른 좋은 방법이라도 있소?"

"그저 저의 느낌이지만, 차원의 바다에 나가 보면 좌표를 찾는데 특별한 능력을 지닌 이들이 있을 거예요. 그들을 조력자로 둘 수 있다면 큰 힘이 되겠죠."

"알았소. 꼭 참고하도록 하겠소."

루인은 그냥 느낌이라고 말하지만 무혼은 그것이 현자가 가진 특별한 직감임을 알고 있었다. 지금껏 그녀의 직감은 틀린 적이 없었으니까.

무혼은 엘리나이젤을 쳐다봤다.

"내가 없는 동안 트레네 숲을 잘 부탁하오, 엘리나이젤."

"염려마십시오, 로드. 트레네 숲은 물론이고 루즈노드도 이전보다 더욱 멋지게 번창시켜 놓겠습니다."

"로아탄들이 그대에게 적극 협조할 것이니 필요한 것이 있으면 뭐든 그들에게 부탁을 하시오."

"그들이 숲을 지켜만 주는 것으로 충분합니다. 그들이 있는 한 어떤 강적이 몰려와도 이 숲의 작은 풀 하나도 건드리지 못할 것입니다."

엘리나이젤은 숲의 사방을 지키고 있는 네 로아탄들로 인해 매우 든든하고 있었다. 무혼은 마지막으로 실피와 그녀의 어깨 위에 앉아 있는 가디언 포티아를 쳐다봤다.

"실피, 포티아! 너희들은 루인을 잘 지켜라."

"맡겨주세요, 마스터."

"알았다옹."

졸고 있던 포티아는 앞발로 기지개를 쭉 켜며 대답했다. 사실 포티아보다 강한 로아탄들이 숲을 지키고 있으니 따로 루인의 호위는 필요 없겠지만, 그래도 또 세상일은 모르는 것이다.

그래서 무혼은 실피와 포티아에게 루인의 호위를 담당시켰다. 실피는 상급 바람의 정령이라 여러모로 루인에게 도움을 줄 수 있을 것이고, 포티아는 유사시 그 어떤 혼전의 와중에서도 루인을 훌륭히 지켜 낼 것이었다.

"그럼 이번 여행은 우리 셋만 가는 거냐, 무혼?"

"호호! 셋이 오붓하게 가는 것도 나쁘진 않아."

포르티와 아그노스가 범선의 갑판 위로 오르며 물었다. 무혼은 고개를 흔들고 한쪽을 가리켰다.

"하나 더 있지. 저기 오고 있다."

무혼이 가리키는 방향을 본 포르티와 아그노스의 안색이 굳어졌다. 다름 아닌 드래곤 로드 푸르카가 부두를 향해 걸어오고 있었다.

"언제 이렇게 큰 범선을 준비했나?"

푸르카는 갑판 위로 훌쩍 뛰어오르며 물었다. 무혼은 멋쩍게 웃었다.

"포르티와 아그노스가 준비한 것이오. 사실 고작 넷이 가는데 이렇게 큰 배는 필요 없지만 그래도 기왕 준비됐으니 그냥 타고 갈 생각이오."

"뭐 좁은 것보다는 낫지 않겠나? 각자 방을 따로 쓸 수도 있을 테니 서로 부딪힐 일도 없겠고 말이야."

"선실이 충분하니 아무 데나 편한 곳을 골라 쓰도록 하시오."

수백 명이 타도 충분히 수용이 가능한 대형 범선이니 선실은 충분한 정도가 아니라 엄청나게 많았다. 갑판의 아래로 선실이 잔뜩 있을 뿐 아니라 선미에는 3층으로 지어진 선미루

(船尾閣)까지 있었다.

"너희들도 가는 줄은 몰랐구나. 잘 부탁한다, 포르티, 아그노스."

범선을 슥 살펴본 푸르카는 문득 포르티 등을 힐끗 노려보며 말했다. 포르티와 아그노스는 그런 푸르카가 부담스러운 듯 긴장한 표정으로 고개를 끄덕였다.

"잘 부탁할 것까지야 있겠습니까?"

"맞아요. 같은 배에 탔다고 해서 뭐 설마 우릴 부려 먹거나 하진 않으시리라 믿어요."

"그럴 일은 없으니 염려 마라."

푸르카가 인상을 구기며 코웃음 쳤다.

"자, 그럼 출발하겠소."

잠시 후 무혼은 엘리나이젤과 루인을 비롯한 트레네 숲의 일원들에게 간단한 작별 인사를 나눈 후 배를 출발시켰다.

좌아아!

본래라면 최소 수십 명 이상의 선원들이 달라붙어야 움직이는 대형 범선이지만, 소옥이 특별한 힘으로 범선을 조종하는 터라 선원은 필요 없었다.

"로드! 부디 무사히 다녀오십시오."

"무사히 다녀오십시오!"

부두에서 멀어져가는 범선을 향해 모두가 손을 흔들었다.

그중에는 드래곤 루디스와 샤로나도 있었다. 그들은 푸르카를 향해 미소 지으며 손을 흔들었다. 푸르카도 씩 웃으며 손을 흔들어 주었다.

촤아아! 화아아아악!

그렇게 잠시 시간이 지났을까? 하늘 호수의 중앙쪽으로 향하던 범선이 돌연 환한 자색의 빛에 휩싸이더니 그 자리에서 사라져 버렸다.

* * *

화아아아악!

망망한 바다 위에 환한 빛이 일어나더니 대형 범선 한 척이 나타났다. 그것은 다름 아닌 이로이다 호였다.

무혼은 담담한 표정으로 바다를 쳐다보고 있었지만, 푸르카를 비롯한 드래곤들은 놀라워하는 기색이 역력했다.

"이 바다가 혹시 차원의 바다라는 것인가?"

"그렇소."

"말로는 들어봤지만 실제로 와 본 건 처음이군. 차원 이동을 이런 식으로 하다니 정말 신기해."

푸르카의 말에 무혼은 고개를 갸웃했다.

"당신도 차원 이동을 해 본 적이 없소?"

"명색이 드래곤 로드인 내가 차원 이동 한 번 안 해봤겠나? 다만 이런 방식이 아니라 마법진을 통해 텔레포트를 하듯 이동했을 뿐이네. 이런 건 꿈꿔 본 적도 없어."

"그 방법이 훨씬 손쉬워 보이오만."

"글쎄! 내가 볼 땐 전혀 그렇지 않네. 일단 차원의 돌이 없으면 아무리 나라 해도 차원 이동은 꿈도 꿀 수 없기 때문이야."

"차원의 돌?"

"그런 게 있네. 하급 차원의 보주와 비슷한 위력을 지닌 일회용 돌이라고 보면 될 거야. 그런데 그걸 얻기가 쉬운 일도 아니고, 또한 그게 있다고 해도 차원 이동 시 어떤 돌발 상황이 벌어질지 알 수 없다네. 그 와중에 큰 부상을 입을 우려도 있어."

그러고 보니 무혼 역시 필리우스가 만들어 놓은 차원 이동 마법진을 이용하다 극심한 부상을 입었던 기억이 떠올랐다. 처음 트레네 숲에 왔을 때 그로 인해 한동안 요양을 하지 않았었던가.

(소옥, 예전에 필리우스 님도 배를 통해 차원의 바다를 여행했었느냐?)

문득 궁금해지는 무혼이었다. 곧바로 소옥의 답변이 들려왔다.

(천만에. 그땐 지금 네가 가진 것과는 차원이 다른 하급 차원의 보주였기에 차원의 돌과 유사한 방식으로 차원 이동을 했어. 솔직히 이런 식의 여행은 나도 처음이야.)

(처음인데도 좌표는 잘 찾을 수 있느냐?)

(물론. 지금 현자 루인이 준 좌표대로 가고 있으니 염려 마.)

(도착까지의 예정 시간은?)

(그건 아직 몰라. 제법 오랜 시간이 걸릴 테니 느긋하게 쉬고 있는 게 좋을 거야.)

마계를 향해 정확한 방향으로 항해는 하고 있지만 시간이 얼마나 걸릴지는 확실히 알 수 없다는 말이었다.

그 말에 무혼은 꺼림칙한 생각이 들지 않을 수 없었다. 제법 오랜 시간이라고 했는데 그 오랜 시간이 몇 달일지, 아니면 몇 년일지 알 수 없으니 문제였다.

몇 달 정도야 상관없지만 만일 몇 년이 걸린다면, 그것도 아니라 몇십 년이라도 걸린다면 어쩌겠는가.

(대충이라도 시간을 알 수 없느냐?)

(그렇지 않아도 그걸 파악하려고 노력 중이야. 파악이 되면 알려 줄게.)

(좋아. 그럼 기다리고 있겠다.)

무혼은 고개를 끄덕이고는 선미루로 향했다. 본래 여객선의 용도로 만들어진 것인지 선미루에는 선실뿐 아니라 각종 식당이나 휴식 공간의 용도로 만들어진 공간이 꽤 많았다.

특히 선미루의 3층은 특실들로 이루어져 있었는데, 특실은 큼직한 선실 내부에 거실과 침실, 욕실 등의 공간이 구분되어 있었다.

무혼은 특실 중 한 곳을 선택해 자신의 숙소로 정하고는 마계에 도착할 때까지 수련이나 할 작정이었다.

식량이나 식수는 아공간에 잔뜩 준비해 두었으니 걱정할 것 없었다.

무혼에게는 현재 세 개의 아공간이 있었다. 하나는 무혼이 주술로 만든 아공간으로 그 안에는 마법서나 주술서, 무기나 식량 등이 잔뜩 들어 있었다.

또 다른 아공간은 아르쿠스의 반지와 연결된 아공간으로 그곳은 현재 텅 비어 있었다.

마지막 아공간은 차원의 보주와 연결된 아공간으로, 그것은 무혼이 팔찌의 진정한 주인이 되며 자연스레 사용이 가능하게 된 것이었다.

그 안에는 갖가지 종류의 화폐들이 잔뜩 들어 있었다. 금화와 은화도 있었고, 지폐 형태로 된 화폐도 보였다. 또한 무혼이 한 번도 본 적 없는 재질로 만들어진 화폐도 적지 않았다.

딱 보니 필리우스가 차원 여행을 하며 방문한 세계들에서 사용되는 화폐들인 것이 틀림없었다.

그러한 수백 종류의 화폐들이 반을 차지하고, 나머지 반에는 온갖 보석들과 옷, 장신구, 마법 아티팩트, 무기와 방어구 등이 들어 있었다.

　'별 게 다 있군. 많이도 모아놨어.'

　그야말로 만물상을 차려도 될 성 싶었다. 무혼은 화폐나 보석 등에는 별다른 관심이 없었기에 무기들을 살펴봤다.

　'꽤 멋진 검들이 많군.'

　검신에 멋진 용의 문양이 새겨져 있거나, 아름다운 미녀나 꽃의 문양이 새겨져 있는 등 외양에 상당한 공을 들인 무기들이 대부분이었다.

　사실 무혼에게 있어 쓸 만한 검은 그럭저럭 단단한 강도를 가지고 있으면 될 뿐이다. 적당히 쓰다가 때로 폭발 공격을 시도하기도 하는 터라 너무 좋은 검은 오히려 부담스러웠다. 화려한 장식과 문양, 보석으로 치장된 마법 무기들을 폭발시켜 없애기는 아까웠다.

　그래도 한 자루쯤은 멋진 검을 들고 있는 것도 나쁘지는 않으리라. 무혼은 화려한 흑색의 검 한 자루를 꺼내 허리에 착용했다. 검갑 또한 흑색이라 마음에 들었다.

　(그건 마검 사르엔이야. 네게 썩 잘 어울리는 검을 골랐네.)

　소옥의 말에 무혼은 놀랐다.

　(마검이라고?)

(흑색의 마녀 사드니스의 마력이 깃든 무기로 암흑의 루스나 마나를 주입하면 위력이 매우 강해지지. 대체 어떻게 네게 딱 맞는 무기를 단번에 찾은 거야?)

(그냥 쓸 만해 보여 골랐을 뿐인데 그런 효용이 있을 줄은 몰랐다.)

스릉.

무혼은 검갑에서 검을 빼내 살짝 진원마기를 주입해 보았다. 순간 검신이 진동하며 번쩍이는 흑색의 검강이 길게 뻗어 나왔다.

'스스로 검강이 만들어지다니 대단하군.'

마기를 주입하는 것만으로도 검신 자체에서 검강을 만들어 낼 줄이야. 만일 암흑의 마나를 다룰 수 있는 보통의 평범한 검사가 이 검을 들었다면 그야말로 세상을 얻은 듯 기뻤을 것이다.

그러나 무혼에게는 어차피 장난감 수준의 검일 뿐이었다. 미량의 진원마기로 검강이 아니라 극검강조차도 가볍게 생성해 낼 수 있는 무혼이었으니까.

'기왕 꺼냈으니 그냥 사용하기로 하자.'

무혼은 마검 사르엔을 검갑에 꽂아 넣고는 계속해서 아공간을 살펴봤다. 마법 아티팩트들이나 방어구들은 오히려 거추장스럽기만 할 뿐이라 관심이 가지 않았고, 한쪽에 차곡하게 쌓여 있는 책들에 눈이 갔다.

'오! 마법서들이로군.'

책이라면 자다가도 벌떡 일어나는 무혼이 아닌가? 더구나 마법서라니. 그것도 그랜드 마스터급 마법사였던 필리우스가 자신의 심득에 대해 남겨 놓은 마법서들이었다.

'후후, 이것들이야말로 최고의 보물들이다.'

무혼의 안색이 환해졌다. 물론 마법에 있어서는 아직 마스터의 경지에도 이르지 못한 무혼이기에 아직 이 책들을 볼 단계는 아니지만, 언제고 마스터급 마법사가 되었을 때 이 책들은 매우 큰 도움을 줄 것이다.

무혼은 필리우스의 마법서들을 다시 아공간으로 집어넣었다. 일단은 포르티와 아그노스가 빌려준 수천 권의 마법서들과 흑탑에서 얻은 흑마법 서적들을 꼼꼼히 연구하며 마스터급 마법사가 되는 것이 우선이리라.

곧바로 무혼은 수련에 몰두하기로 했다.

지금처럼 하루의 반은 무공의 경지를 높여나가고, 나머지 반은 주술이나 마법을 연구하며 보낼 생각이었다.

일단 수련에 몰두하자 무혼에게는 시간의 흐름 따위는 중요하지 않았다. 심지어 언제쯤 마계에 도착할 지에 대한 궁금증조차 사라졌다.

빨리 도착하면 빨리 도착하는 대로 좋고, 늦게 도착하면 오히려 그만큼 수련을 더 많이 할 수 있으니 더욱 좋은 것이다.

보통의 세계와 달리 차원의 바다에는 태양과 같은 빛이 존재하지 않고 그저 환한 광채와 같은 화려한 보랏빛만이 하늘을 가득 채우고 있었다. 그러다 보니 하늘만 보고는 시간의 흐름을 알기가 쉽지 않았다.

다행히 푸르카가 범선 곳곳에 부착해 놓은 마법 아티팩트가 시간의 흐름을 알려 주었다. 이로이다 대륙의 시간을 기준으로 만들어진 그 아티팩트는 항해를 시작한 지 어느덧 사흘이 지났음을 표시하고 있었다.

촤아아아아!

이로이다 호는 계속 물살을 갈랐다.

사흘 동안 무혼은 배가 고프면 먹고 갈증이 나면 마시고, 잠이 오면 잤다. 그 외의 시간은 오로지 수련에 몰두했다. 드래곤들이 심심하다고 찾아왔지만 본 체도 하지 않았다.

그렇게 무혼이 수련에만 몰두하니 포르티와 아그노스 등은 자연스레 푸르카와 마주치는 시간이 많아졌다.

처음에는 푸르카 역시 무혼처럼 자신의 방에서 수련을 해 보겠다며 명상에 잠기기도 했지만, 곧바로 무료함을 참지 못하고 갑판으로 뛰쳐나왔다.

포르티와 아그노스가 갑판의 선수에서 멍하니 바다를 쳐다보고 있는 동안, 푸르카 역시 돛대 위에 올라앉아 바다를 망연자실한 표정으로 쳐다봤다.

　그러나 바다를 쳐다보는 것도 하루 이틀이다. 그것도 사흘째 접어드니 지겨워 미칠 지경이었다. 하늘이 보랏빛이라는 것도, 바닷물이 갖가지 신비로운 빛으로 바뀌는 것도 더 이상 신기하거나 흥미롭지 않았다.

　"대체 언제쯤 마계에 도착하는 거야?"

　"하아! 정말 심심해 죽겠어."

　포르티와 아그노스가 푸념을 했다. 그들은 하루에도 몇 번이고 무혼을 찾아가 언제쯤 도착하는지 물어봤지만 무혼의 대답은 모른다였다. 심지어는 포르티 등이 하도 물어 보니 무혼은 알게 되면 알려줄 테니 더 이상 묻지 말라고 짜증을 내기도 했다.

　"크으! 차라리 해적이라도 나타났으면 좋겠다."

　"내 말이. 하다못해 몬스터라도 나타나면 아주 신 날 거야."

　그들은 한동안 기대 어린 표정으로 전방을 주시했다. 돛대 위에 있던 푸르카 역시 비슷한 심정인 듯 전방뿐만 아니라 사방을 파수꾼처럼 둘러봤다. 그러나 한참이 지나도 해적은커녕 작은 날벌레 몬스터 하나도 나타나지 않았다.

"제길! 바다가 왜 이리 잔잔한지 모르겠군. 폭풍이라도 불면 좋을 텐데."

"그러게. 왜 여긴 폭풍 같은 것이 없을까?"

그러자 그때까지 잠잠히 있던 푸르카가 돛대 위에서 싸늘히 외쳤다.

"그 무슨 재수 없는 소리들을 지껄이느냐? 폭풍이 와서 이 배가 부서지기라도 하면 어쩌겠느냐? 이 바다에 빠지면 즉사할 수도 있어. 살아난다 해도 차원의 미아가 되어 어떤 꼴을 당할지 모른다는 말이다."

포르티가 움찔하며 대답했다.

"그런 걱정은 안 하셔도 될 겁니다. 수천 년이 지나도 폭풍 따위는 오지 않을 것 같은데요?"

"말이 씨가 된다고 했다. 만일 폭풍이라도 몰아치면 다 네 놈들 때문이야."

"그래도 심심한 것보다는 좋지 않겠습니까?"

그러자 푸르카는 일순 할 말을 잃었다. 솔직히 그 역시도 이렇게 무료해 미칠 것 같은 상황이 지속되기보다는 폭풍이라도 몰아쳤으면 하는 심정이었다.

"빌어먹을! 너무 심심해. 이러다 정말 미치겠어."

포르티가 푸념을 토했다. 그때 아그노스가 아공간에서 카드를 꺼내며 말했다.

"우리 심심한데 카드놀이라도 할까, 포르티?"

포르티가 반색했다.

"크흐! 그래. 그런 거라도 하면 시간은 잘 가겠군."

둘은 곧바로 자리를 펴고 앉았다. 그리고 고가 어쩌고 피박이 어쩌고 하며 신 나게 놀기 시작했다.

'쯧! 저따위 유치한 카드놀이나 하다니. 정말 한심한 녀석들이군.'

푸르카는 인상을 쓰며 그들이 하는 것을 못마땅한 듯 지켜보다가 어느 순간 슬그머니 밑으로 내려갔다. 그러자 포르티가 히죽 웃으며 말했다.

"푸르카 님도 끼시게요?"

"뭐, 재미는 더럽게 없어 보인다만 그럭저럭 시간은 잘 갈 것 같구나."

그렇게 푸르카도 자리를 잡았다. 처음에는 시큰둥하게 카드놀이에 임하던 그들은 서서히 승부욕에 불타올랐고, 급기야 카드놀이는 놀이가 아닌 내기로 발전했다.

"호호! 그냥 하면 재미가 없으니 앞으로 열 판을 해서 가장 많은 점수를 딴 사람이 갑판장이 되는 것이 어때요?"

"갑판장?"

"선장은 무혼이니 내기로 이인자를 결정하자는 거죠. 내기에서 이긴 자는 갑판장이 되고 나머지 둘은 선원이 되어 갑판장의 말에 절대복종을 하는 게 어때요? 그러니까 뭐든 시키는 대로 하는 거죠."

아그노스가 특이한 제안을 했다. 인간들은 돈이나 보석을 두고 내기를 한다지만 드래곤인 그들에게는 그것들이 별다른 흥분거리가 되지 못했다.

그러나 아그노스가 생각해 낸 내기는 그들을 흥분시키기에 충분했다.

이 카드놀이에 자신이 있는 아그노스는 자신이 갑판장이 되어 포르티와 푸르카를 마음껏 부려 먹을 생각에 가슴이 부풀어 올랐다. 특히 드래곤 로드인 푸르카의 상전이 되어 그를 부려 먹는다는 것은 생각만 해도 가슴 떨리는 일이 아닐 수 없었다.

그것은 포르티 역시 마찬가지였다. 그 역시 자신이 갑판장이 되어 아그노스와 푸르카를 종처럼 부려 먹는다면 그보다 신 나는 일이 없을 것 같았다. 특히 이 기회가 아니라면 언제 드래곤 로드 푸르카를 하인처럼 부릴 수 있겠는가.

그런데 아그노스와 포르티는 간과한 것이 있었다. 푸르카가 이미 그들의 속을 훤히 꿰뚫고 있다는 사실을 말이다.

그리고 드래곤 로드인 푸르카에게 아그노스와 포르티 등을 속여 넘기란 아주 간단한 일이었다. 푸르카는 그들이 눈치 채지 못하게 적당히 속임수를 써서 열 판을 내리 이겼고, 갑판장이 되었다.

"크으! 말도 안 돼! 이건 사기입니다."

"맞아요. 절대 인정할 수 없어요."

순간 푸르카의 두 눈이 섬뜩하게 빛났다.

"큭! 그러니까 감히 나를 갑판장으로 인정하지 못하겠다는 것이냐?"

최근 각성을 통해 능력이 더욱 상승한 푸르카의 가공할 기세 앞에 포르티 등은 움찔 몸을 떨었다. 눈치 빠른 그들은 잽싸게 현실에 순응했다.

"흐흐! 그럴 리가 있겠습니까, 갑판장님."

"호호! 갑판장님이 되신 것을 축하드려요."

그러자 푸르카는 인상을 구기며 험악하게 웃었다.

"큭큭! 갑판이 너무 지저분하다. 당장 청소에 돌입한다. 실시!"

"청소라니요?"

"갑판에는 먼지 하나 없는데요?"

포르티 등이 발끈했지만 그들은 이내 섬뜩하게 폭사되어 나오는 푸르카의 흉광 앞에 굴복하지 않을 수 없었다. 그들은 그 즉시 아공간에서 하얀 천을 빼 들고 갑판을 문지르기 시작했다.

"눈으로 안 보여도 쌓이는 게 먼지다. 닦고 또 닦아도 생기는 게 먼지라는 것이다. 너희들의 마음을 닦는다 생각하고 구석구석 닦아라! 허리는 한 시간에 한 번만 펴도록! 잡담은 금지다! 꾸물대지 말고 냉큼 청소를 하란 말이닷!"

진정한 악덕 드래곤이 무엇인지 보여주는 푸르카였다. 포르티와 아그노스는 울상을 지으며 걸레질을 했다.

'크윽! 우린 이제 죽었구나, 아그노스. 대체 왜 그런 내기를 한 것이냐?'

'흑! 너무 심심하다 보니 우리가 잠시 미쳤던 거야.'

그런 그들을 향해 푸르카의 호통이 들려왔다.

"잡담은 금지라 했을 텐데. 갑판장 말이 말 같지 않은가 보구나."

"아, 아닙니다."

"더 이상 잡담하지 않겠어요."

포르티 등이 움찔하며 걸레질에 집중했다. 푸르카는 코웃음 치며 외쳤다.

"지금 뭣들 하는 것이냐? 걸레를 빨아서 닦아야 할 것 아니냐? 더러운 걸레로 닦으면 갑판이 어떻게 되겠느냐? 갑판을 깨끗이 하려면 걸레부터 깨끗해야 하는 법이다. 처음부터 다시 시작!"

포르티와 아그노스의 안색이 누렇게 변했다. 처음부터 다시 시작이라니. 이러다 하루에 허리를 몇 번이나 펼 수 있을지 의문이었다.

'크윽! 마계는 대체 언제 도착하는 것이냐?'

'하아! 차라리 폭풍이라도 몰아쳤으면.'

이 끔찍한 노역에서 해방될 수 있는 길은 마계에 도착하거나 폭풍이 몰아치는 경우일 뿐이리라.

그런데 정말로 말이 씨가 되기라도 한 것일까? 이로이다 호가 나아가는 전방에 거대한 폭풍이 형성되어 엄청난 속도로 다가오고 있었다.

쒸이이이이이—

그것을 발견한 푸르카는 두 눈을 부릅떴다. 정말로 폭풍이 몰아친다는 것에 일순 반색했던 포르티와 아그노스도 전방의 수평선을 온통 뒤덮은 가공할 폭풍을 보고는 입을 쩍 벌리고 말았다.

곧바로 수련에 몰두하며 명상에 잠겨 있던 무혼의 귓전으로 소옥의 다급한 음성이 파고들었다.

(큰일이야, 무혼! 차원풍이 불어오고 있어.)

(차원풍이라고?)

무혼은 깜짝 놀라 갑판으로 나갔다. 그리고 수평선을 통해 해일처럼 밀려드는 미증유의 거대한 폭풍을 보고 안색이 굳어졌다.

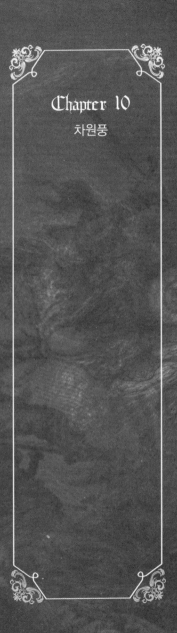

Chapter 10
차원풍

　무혼은 소옥에게 물었다.

　(차원풍에 휘말리면 어떻게 되는 것이냐?)

　(배가 부서지기라도 한다면 어떤 일이 벌어질지 장담할 수 없어.)

　(배가 부서지지 않는다면?)

　(뜻하지 않는 장소로 이동하게 되겠지.)

　(배가 부서질 가능성은?)

　(거의 없다고 봐. 네가 가진 차원의 보주의 힘이 워낙 강력하다 보니 차원풍도 충분히 견뎌 낼 수 있을 거야.)

　무혼은 어깨를 으쓱했다.

(그럼 별로 걱정할 건 없는 거군.)

(그거야 그렇지만 궤도에서 멀리 이탈하게 되면 마계까지 가게 되는 시간이 늘어날 수도 있잖아.)

(거꾸로 빨라지는 경우는 없느냐?)

(충분히 그럴 수도 있지만 그건 미리 알 수 없어.)

(흠.)

운이 좋으면 차원풍으로 인해 마계로 좀 더 빨리 갈 수 있다는 말이었다. 물론 그 반대의 경우도 있긴 하지만, 어쨌든 차원풍이라는 것이 꼭 나쁜 것은 아님이 분명했다.

'운이 좋기를 기대해야겠군.'

그때 무혼을 향해 드래곤들이 후다닥 달려왔다. 포르티와 아그노스가 창백해진 안색으로 말했다.

"무혼! 폭풍이다!"

"진짜 폭풍이라고!"

그들에 이어 푸르카가 인상을 험악하게 구긴 채 말했다.

"크윽! 이게 다 그 망할 녀석들 때문이네. 아까부터 폭풍이 오라고 노래를 불러 댔으니 이런 사달이 벌어진 거야."

"별로 걱정할 건 없소. 운이 좋으면 차원풍에 휘말려 오히려 마계로 더욱 빨리 갈 수도 있다고 하니 말이오."

무혼의 말에 푸르카가 어이없어하는 표정을 지었다.

"저 엄청난 폭풍을 보고도 그런 소리를 하는가? 마계로 빨리 가는 게 문제가 아니야. 그 전에 이 배가 무사히 견뎌 낼 수 있을지도 의문이야."

"충분히 견뎌낼 수 있으니 염려 마시오."

무혼은 이로이다 호를 향해 다가오는 거대한 폭풍을 노려보며 말했다. 그사이 폭풍은 거의 지척으로 다가온 상태였다.

쒸이이이이이!

콰아아아아아!

전방이 온통 어두운 흑색뿐이었다. 하늘 끝까지 맞닿은 듯한 거대한 흑색의 폭풍이라니!

그것을 보고 있자니 드래곤 로드인 푸르카로서도 두 다리가 후들거렸다.

이로이다 대륙에서는 그 어떤 폭풍이나 자연 현상 앞에서도 코웃음 치던 그였지만, 미증유의 위력을 가진 거대한 차원풍 앞에서는 자신이 얼마나 미약한 존재인지를 느끼지 않을 수 없었다.

포르티와 아그노스 역시 마찬가지였다. 이로이다 대륙에서는 말 그대로 떵떵거리며 살던 그들이었지만 자신들로서 어찌할 수 없는 거대한 차원풍을 목격하자 드래곤이란 존재가 얼마나 초라한 존재인지를 실감할 수 있었다.

그러나 무혼은 오히려 담담했다. 그는 드래곤들과 달리 아주 어렸을 때부터 대자연 앞에 인간이 얼마나 무력한 존재인지를 수없이 깨달으며 성장했으니까.

약간의 추위만으로도 체온이 떨어져 죽을 수 있는 것이 인간이고, 비가 조금만 많이 내려면 홍수가 들어 도처에서 익사한 사람들이 속출했던 것을 다섯 살도 되기 전에 목격한 무혼이었다.

그는 당연히 스스로 자연보다 강하다는 생각을 해본 적도 없고, 자연을 우습게 본 적도 없었다. 자연 앞에 대항하기보다는 그것에 순응하고 그 기운을 활용하는 데 관심이 많았을 뿐이다.

그리고 그러한 마음이 심검의 경지에 이르는 데도 많은 도움이 되었다. 천공을 반으로 가르며 떨어져 내리는 뇌전과 세상을 뒤덮을 듯 가공할 폭풍우, 세찬 강물과 담담히 고여 있는 호수, 심지어 유약해 보이는 작은 물고기들이나 곳곳에 피어 있는 꽃들, 흔하디흔한 풀들에게서도 자연의 위대함을 느꼈던 터였다.

그런데 지금 눈앞에 펼쳐진 가공할 차원풍이 보여 주는 위대함은 무혼이 지금껏 느껴왔던 그 모든 위대함을 가볍게 뛰어넘어 버렸다.

무혼은 차원풍을 보며 경이에 잠긴 것과 함께 마치 오랜 체증이 뻥 뚫린 듯한 통렬한 시원함을 맛보았다. 이토록 모든 것을 무력하게 만들만큼 거대한 뭔가가 존재한다는 것을 보니 두렵기보다는 전율스러울 정도의 희열이 느껴지는 것이었다.

무혼의 그 전율은 자신이 그동안 이뤘던 경지가 너무나 보잘것없다는 데서 오는 것이고, 동시에 앞으로 그만큼 더 강해질 여지가 많이 있다는 데서 오는 것이었다.

천외천(天外天)의 경지!

마음으로 느낀 그 위대함의 크기만큼 상상의 영역도 확장되는 것일까?

무혼이 심검의 경지에 오른 이후 혼자서 명상을 통해서 그 한계를 돌파해 보려고 무수히 시도했지만 특별한 성과가 없었는데, 차원풍을 한 번 보는 것만으로 무혼은 그 한계를 돌파한 느낌이었다.

물론 아직 실제로 경지가 상승한 것은 아니었다. 한동안 어디로 가야 할지 갈피를 잡지 못하다가 이제 드디어 조금이나마 그 방향을 깨달았다고 보는 것이 맞았다.

따라서 앞으로의 수련 성과는 지금까지 와는 판이하게 달라질 것이다. 차원풍으로 인해 확장된 상상의 지평만큼 심검의 경지도 상승되어 갈 것이기 때문이다.

그사이 푸르카와 포르티 등은 각자가 펼칠 수 있는 최고의 마법 실드를 이로이다 호에 두르고 있었다. 이로이다 호가 부서져 버리면 살아남을 수 없다는 생각에 그들은 자신들의 마나를 아끼지 않았고, 마정석도 마구 동원했다.

그러다 보니 이로이다의 외부로 얼티메이트 배리어 실드들이 수십 개도 더 생겨났다. 그것들 하나하나가 오러 블레이드도 튕겨버릴 만큼 강력한 방어력을 지닌 만큼 푸르카 등은 차원풍이 아무리 가공할 위력을 지니고 있다 해도 이로이다 호를 어쩌지 못할 것이라 확신했다.

그러나 일순 시커먼 차원풍이 이로이다 호를 뒤덮는 순간 푸르카 등은 자신들의 노력이 얼마나 헛된 것이었는지를 절실히 깨달았다.

콰아아아아아!

차원풍은 수십 겹이나 되는 실드들을 순식간에 흔적도 없이 소멸시켜 버렸다. 푸르카 등은 다급히 마나를 끌어 올려 대항했지만, 오히려 차원풍에서 일어나는 강력한 반발력에 의해 그들은 마나가 역류했고 입에서 피를 토하며 쓰러졌다.

"쿠억!"

"아악!"

곧바로 갑판 위에서 차원풍에 휘말려 올라가는 그들을 무혼이 잽싸게 붙잡아 갑판에 내려놨다. 푸르카 등과 달리 무혼은 차원풍에 휘말리지 않았다.

사실 소옥이 차원의 보주가 가진 힘을 이용해 배를 보호하고 있기에 이로이다 호는 매우 안전한 상태였다. 푸르카 등이 공연히 실드를 만들어 내며 차원풍에 맞서다 부상을 입은 것일 뿐, 그냥 가만히 있었다면 그러한 부상을 입을 일도 없었고 차원풍에 휘말려 올라가는 상황도 벌어지지 않았을 것이다.

무혼은 푸르카 등을 갑판 위에 내려놓은 후 담담히 차원풍의 엄청난 위용을 머릿속에 새기듯 담아두고 있었다. 마치 스승이 시연하는 무공 초식을 바라보듯 그는 진지했다. 적어도 지금 이 순간 그에게 있어 차원풍은 스승과 같은 존재였으니까.

좌아아아아—

한편 이로이다 호는 차원풍을 따라 엄청난 속도로 이동하기 시작했다. 사방이 흑색의 구름 같은 폭풍에 뒤덮여 있어 어디를 가고 있는지는 알 수 없지만, 적어도 차원풍을 타지 않으면 낼 수 없는 엄청난 속도로 이로이다 호가 움직이고 있음은 충분히 알 수 있었다.

차원풍은 대략 이로이다 대륙의 시간으로 반나절 정도가 지나자 홀연히 소멸되었다. 캄캄했던 하늘은 다시 보랏빛으로 변했고 사방으로 잔잔한 푸른빛의 바다 물결이 넘실거렸다.

그때까지 무혼은 차원풍을 바라보며 그것의 움직임을 관찰하고 있었다. 그저 잠시 경이감에 젖어 있을 뿐인데 반나절이 훌쩍 지나가 있었다.

(소옥, 여기가 어디냐?)

(아직 알 수 없어. 우린 본래 노지즈 해역에 위치해 있었는데, 차원풍에 의해 다른 해역으로 날려 온 것 같아.)

그러고 보면 차원의 바다에도 해역이라는 것이 존재하는 모양이었다. 소옥이 말을 이었다.

(시간이 필요해. 내가 좌표를 확인하고 마계로 향하는 항로를 다시 찾는 동안 기다려 줘. 그동안 배는 표류하고 있을 거야.)

(알았다.)

다행히 이로이다 호는 돛대 하나 부러지지 않고 멀쩡했다. 그 험한 폭풍 속에서도 멀쩡한 것을 보니 과연 차원의 보주가 가진 힘은 꽤 강력했다.

"크으!"

그때 갑판에 쓰러져 있던 푸르카가 비로소 깨어났다. 그는 잠시 마나가 역류한 충격에 기절했을 뿐이라 깨어나는 즉시 자신의 상태를 회복했다. 그는 인상을 쓰며 무혼에게 다가왔다.

"그 와중에 배가 이토록 멀쩡하게 보호되다니 믿기지 않군."

"당신이 만들어준 차원의 보주가 가진 힘이 생각보다 강력한 모양이오."

그러자 푸르카는 우쭐한 표정을 지었다.

"허허! 그런가? 내가 만들면서도 엄청날 거란 생각은 했네. 그런데 차원풍도 견뎌낼 줄은 몰랐군. 그나저나 대체 여기는 어디인가?"

"지금 알아내고 있는 중이오."

그때 포르티와 아그노스도 비틀거리며 일어났다. 그들은 푸르카와 달리 제법 심각한 부상을 입은 듯 안색이 창백했다.

"크으윽! 여긴 어디? 배는 멀쩡하네?"

"휴우! 다행이야. 꼼짝없이 죽는 줄 알았는데 살았구나."

그러자 푸르카가 못마땅한 듯 그들을 노려보며 말했다.

"그러게 내가 뭐라 했느냐? 말이 씨가 된다고 하지 않았느냐?"

"저도 후회하고 있는 중입니다."

포르티가 머리를 긁적이며 대답했다. 푸르카가 인상을 구겼다.

"잘못한 걸 알긴 아는구나. 아무튼, 뭣들 하느냐? 깨어났으면 냉큼 청소를 하지 않고 말이야."

"크흑! 해도 너무 하십니다."

"흑! 우리가 다 죽어가는 꼴 안 보여요?"

포르티 등은 울상을 지었다. 그러나 푸르카가 기이한 미소를 지었다.

"그래? 그럼 치료해 주지."

그가 손을 휘젓자 환한 빛이 일어나 포르티 등의 몸을 감쌌다. 곧바로 포르티 등의 안색이 본래로 돌아왔다.

"어떠냐? 이제 청소를 할 수 있겠느냐?"

순간 포르티 등은 한숨을 내쉬었다. 그들이 스스로 자신들의 몸을 치료하지 못해서 안 한 것이 아니다. 일부러 아픈 척을 해서 악덕 갑판장의 마수로부터 잠시라도 해방이 되고 싶었을 뿐이었다.

그런데 푸르카는 그러한 그들의 심리를 모조리 꿰뚫고 있었다. 포르티 등은 무혼을 향해 구원을 요청했다.

"무혼! 저 악덕 갑판장이 우릴 부려먹고 있다."

"으앙! 저 갑판장 좀 어떻게 해줘. 우린 지금 죽을 지경이야."

그러나 무혼은 냉담하게 대답했다.

"내기를 해서 졌으면 따라야 하는 것 아니냐? 먼저 카드놀이 내기를 제안한 건 너희들이었던 것으로 알고 있다."

선실 안에서 수련에 몰두하면서도 무혼은 바깥에서 벌어지는 상황을 모두 알고 있었다. 아그노스와 포르티가 푸르카를 부려 먹으려 잔머리를 쓰다 도리어 당한 것이었으니, 무혼으로서는 지금 상황에서 그들의 편을 들어줄 수 없는 일이었다.

만일 아그노스나 포르티 중 하나가 갑판장이 되었다면 그들도 푸르카 못지않은 악덕 드래곤 짓을 해대며 푸르카를 부려 먹고 있었을 것이 뻔하지 않겠는가.

무혼이 의외로 자신의 편을 들어주자 푸르카의 안색이 환해졌다.

"허허! 그러면 나를 갑판장으로 인정해 주는 것인가?"

"정말로 갑판장이 되고 싶으시오?"

그러자 푸르카는 돌연 공손히 대답했다.

"물론이오, 선장님. 정식으로 임명해 주시면 최선을 다해 보겠소."

"갑자기 웬 존대를 하는 것이오?"

무혼이 황당한 표정을 짓자 푸르카는 당연하다는 듯 고개를 끄덕이며 말했다.

"갑판장이 되었으면 선장에게 공대를 하는 것이 당연한 일이 아니겠소? 앞으로 또 일행이 생길지도 모르고, 설사 저 철없는 드래곤 녀석들만 있다 해도 마왕과의 전쟁에서 승리하려면 어느 정도 위계질서는 필수요. 미력한 나를 갑판장으로 임명해 주면 저 철없는 녀석들의 기강을 확실히 잡아 놓겠소."

순간 아그노스와 포르티가 절대로 안 된다는 표정으로 외쳤다.

"뭐? 말도 안 돼! 저 사악한 드래곤 로드에게 갑판장이 웬 말이야?"

"무혼! 우린 친구다. 친구! 너 설마 허락하지는 않겠지? 크흑! 제발 살려 줘라."

"흠."

그 말에 잠시 고심하는 표정을 짓는 무혼을 향해 푸르카가 진지한 눈빛으로 말했다.

"공과 사는 철저히 구분해야 하오. 이제 마계로 가서 전쟁을 벌이게 될 텐데, 선장 부재 시에 이 배를 통솔할 지휘자가 없으면 어찌 되겠소?"

듣고 보니 상당히 그럴듯한 말이었다. 포르티 등에게는 안 된 일이긴 하지만, 푸르카는 이제 더 이상 적이 아닌 동료였다.

그리고 정말로 무혼의 부재 시에 포르티 등이 안전하려면 푸르카의 지휘를 받는 것이 맞았다. 각성한 푸르카는 가히 포르티아에 버금갈 정도의 전투력을 가진 터였다.

"푸르카, 당신을 이로이다 호의 갑판장으로 임명하겠소."

무혼의 입에서 정식 승인이 떨어지는 순간이었다. 그 순간 푸르카의 두 눈이 희번덕거리며 빛났고 포르티 등의 안색은 죽을상으로 변했다.

그러나 곧바로 무혼은 푸르카에게 못을 박았다.

"갑판장인 만큼 솔선수범해 주시오. 특히 선원들을 이유 없이 굴리거나 괴롭히는 일은 자제하길 바라겠소."

"허허! 내 어찌 공연히 불쌍한 선원들을 괴롭힐까요. 내 몸처럼 아껴줄 테니 염려 마시지요."

푸르카는 드래곤답지 않게 사람 좋은 미소를 지으며 대답했다. 무혼은 고개를 끄덕이고는 선실로 돌아갔다.

그러자 갑판에 긴장감이 감돌았다. 선장 무혼으로부터 정식 승인까지 받은 갑판장 푸르카의 진정한 횡포가 시작되리란 생각에 포르티와 아그노스는 바싹 얼어 있었다.

푸르카가 그런 그들을 슥 노려보더니 의미심장한 미소를 지으며 말했다.

"크흠! 그럼 내가 정식으로 이로이다 호의 갑판장이 되었으니 간략하게 앞으로의 방침을 내리지. 방침은 갑판장인 나의 말에 절대복종할 것! 이상이다. 각자 볼일들 봐라."

푸르카는 아주 짤막하게 갑판장이 된 소감을 말한 후 포르티와 아그노스의 어깨를 가볍게 한 번씩 치며 부드럽게 웃었다.

"후후후, 뭘 그리들 떠느냐? 괴롭히지 않을 테니 염려 마라. 나 그리 속 좁은 놈 아니야."

그러자 포르티와 아그노스는 더욱 불안한 표정으로 푸르카를 쳐다봤다. 그들로서는 대체 무슨 꿍꿍이로 푸르카가 이토록 부드러운 표정을 짓는지 알 수 없었다.

'이상하군! 저 작자가 절대 이럴 리가 없는데 말야.'

'긴장을 풀어선 안 돼. 이러다 갑자기 본색을 드러낼 거야.'

푸르카가 아무런 닦달을 하지 않으니 오히려 더욱 불안해 진 그들이었다. 아그노스는 잠시 머뭇거리다 걸레를 빨아 갑판을 닦기 시작했다. 포르티도 마찬가지였다.

그것을 본 푸르카가 인상을 찌푸렸다.

"무슨 짓들이냐? 더 이상 청소 따위는 할 필요 없다. 내 아무리 너희들이 못마땅하기로서니 그따위 청소나 시킬 것 같으냐?"

"아깐 시키지 않으셨나요?"

"큭! 그땐 내가 너희들의 건방진 버릇을 좀 고치려고 짐짓 굴려본 것이다."

그러자 포르티와 아그노스의 안색이 밝아졌다.

"흐! 정말로 청소를 안 해도 되는 겁니까? 그럼 처음부터 그렇게 얘기를 하셔야지 말입니다."

"호호! 한 입으로 두말하면 드래곤이 아닌 것 아시죠?"

푸르카의 인상이 험악해졌다. 한 입으로 두말이라니!

"그런 식으로들 버릇없이 얘기하면 결국 나는 한 입으로 두말을 하게 될 수밖에 없다."

포르티 등이 흠칫하며 입을 닫았다. 푸르카는 잠시 못마땅한 눈빛으로 그들을 노려보다가 고개를 돌렸다.

'이 버릇없는 녀석들! 어디 두고 보자.'

드래곤들 굴리는 데 도가 터 있는 푸르카의 꿍꿍이를 포르티 등이 어찌 짐작할 수 있으랴. 그는 사실 갑판장이 된 첫날부터 그런 일을 벌이는 것은 모양이 안 좋으니 짐짓 자제하는 중이었다.

'앞으로 두고두고 괴롭혀 준다.'

적당히 잘해 주다가 기회를 봐서 굴리면 된다. 선장이 봐도 충분히 수긍할 만한 기회는 반드시 올 것이다. 포르티와 아그노스는 충분히 그런 빌미를 제공하고도 남을 녀석들이니까.

그러나 포르티 등도 그쪽 방면에서는 어디 가서도 쉽게 지지 않는 드래곤들이다. 그들은 푸르카의 음흉한 속내를 짐작하며 서로 눈짓을 주고받고 있었다.

'이봐! 우리 알아서 조심하자. 저 음흉한 갑판장에게 절대 빌미를 주면 안 돼.'

'맞아. 분명 우릴 노리고 있을 거야. 호호! 어림도 없지.'

굴리려는 자와 굴림을 받지 않으려는 자들의 치열한 심리전이 벌어지고 있었다. 그것은 이 무료한 차원의 바다를 항해하는 데 있어 그들에게 하나의 흥미진진한 놀잇거리가 되어 주었다.

포르티 등은 시키지 않아도 알아서 갑판과 선실을 청소했다. 사실 배는 청소할 것도 없이 깨끗했지만 그들은 수시로 쓸고 닦았다. 푸르카로서는 뭔가 잔소리를 하고 싶어도 그것

자체가 원천 봉쇄되어 버리니 미칠 지경이었다.

그는 혹시라도 포르티와 아그노스가 자신 몰래 뒷담화를 하고 있지는 않나 귀를 곤두세웠다. 그러나 그의 귀에 들려오는 말은 그가 도저히 뭐라고 할 수 없는 얘기들이었다.

"우리 갑판장님은 너무 훌륭하시지 않느냐, 아그노스?"

"맞아. 갑판장님이야말로 모든 일에 완벽하신 분이잖아."

"하하! 그럼 오늘도 갑판장님을 위해 열심히 일해 볼까?"

"호호! 그러자."

분명 내용 자체로는 좋은 말이건만, 듣는 순간 손과 발이 오그라들며 울화가 치미는 이유는 무엇인지 알 수 없었다.

'크으! 저 녀석들이 아주 지능적으로 나오는구나. 오냐! 어디 두고 보자. 내가 못 찾아낼 것 같으냐?'

그러나 포르티 등은 도무지 뭔가 꼬투리를 잡을 기회를 주지 않았다. 오히려 자신이 은근히 놀림을 받는 느낌이 들면서도 뭐라고 할 수가 없으니 푸르카는 왠지 속병이 들 지경이었다.

드래곤들이 그런 식으로 소심한 신경전을 벌이며 무료한 항해를 그들만의 방식으로 즐기고 있는 사이, 이로이다 호는 소옥이 아직도 좌표를 찾아내지 못해 정처 없이 표류하고 있었다.

이러다 어쩌면 영원히 차원의 바다를 헤매는 것은 아닐까

고민이 될 법도 했지만 무혼은 차원풍을 목격하며 확장된 상상을 통해 심검의 경지를 넓혀가느라 여념이 없었다.

그런데 그렇게 묵묵히 눈을 감고 수련에 몰두하던 무혼이 돌연 두 눈을 번쩍 떴다.

'뭔가가 배로 다가오고 있군.'

이는 청각을 통해 감지한 것이 아니라 그저 느낌이었다. 그리고 그 느낌의 위력은 대단했다. 눈으로 보지 않고 귀로 들리지도 않았는데도 무혼은 그것의 정체를 확연히 볼 수 있었다.

한 척의 거대한 함선이었다. 백색의 특이한 해골 문양이 그려진 깃발을 나부끼는 그 함선의 크기는 이로이다 호보다 수십 배는 컸다.

함선 위에는 거대한 덩치의 기괴한 존재들이 잔뜩 포진해 있었다. 인간과 흡사한 형상을 띠는 것도 있었고, 식물이나 동물 혹은 몬스터의 형상을 띠는 것들도 있었는데, 공통점이 있다면 대부분 키가 보통 인간의 대여섯 배 이상이라는 것이었다.

트레네 숲의 거족들인 오우거나 미노타우루스도 난쟁이로 만들어 버릴 만큼 거대한 괴생명체들.

그것들은 다름 아닌 로아탄들이었다.

누군가의 가디언이 되기 위해서 태어났다는 로아탄들! 그런데 무혼의 가디언이 되었던 로아탄들과 달리 이들에게는 흡사 마족과 같은 사악한 기운이 느껴지는 것이 특이했다.

로아탄들 뒤쪽으로 드래곤이나 정령들도 보였다.

그들 중에서 가장 강력한 기운을 풍기는 존재는 대머리 사내 형상의 로아탄이었다. 힘의 근원이 두 개 존재하는 그는 무혼의 가디언인 포티아와 비슷한 전투력을 지닌 듯했다.

'저놈이 두목인가 보군.'

로아탄, 드래곤, 정령! 그것도 하나같이 사악한 마기를 풍기는 녀석들이 우글거리고 있는 저 함선의 정체는 대체 무엇인가?

(무혼, 피라타들이야.)

바로 그때 소옥이 다급히 외쳤다. 무혼이 느낌을 통해 감지한 것을 소옥도 감지한 모양이었다.

(피라타?)

(차원의 바다를 누비는 해적들.)

(역시 해적들이었군.)

(응. 피라타들은 차원 여행자들을 골라 노략을 하는 악한 놈들로 마족처럼 아주 나쁜 놈들이야.)

차원의 바다에도 해적이라는 것이 존재한다는 것은 매우 의외가 아닐 수 없었다.

소옥의 말을 들어 보니 피라타들의 구성은 매우 다양했다. 마왕이나 마족, 타락한 로아탄, 타락한 드래곤, 타락한 정령,

심지어 타락한 용자들도 피라타가 되어 차원 여행자들을 습격하는 경우가 있다는 것이었다.

그중에서 마왕이나 타락한 용자가 끼어 있는 경우는 매우 강력한 피라타의 세력을 형성하게 되는데, 그들과 마주치는 것은 차원 여행자들에게 재앙과 같은 일이라 했다.

'마왕은 원래 그러고도 남겠지만 용자가 되어서 그런 짓을 하는 놈들도 있다니 한심하군.'

무혼은 내심 어이가 없었다. 용자라는 것이 얼마나 대단한 존재인지를 용자의 옥좌를 통해 각성하며 깨달은 무혼이었다.

차원을 넘나들며 새로운 세계들을 개척해 나가고 마계의 마왕들과 같은 사악한 무리들과 맞서 싸우는 막중한 사명을 지닌 이가 바로 용자가 아니었던가. 그런데 용자가 타락을 해서 해적질이나 하고 있다니, 그야말로 한심하기 짝이 없는 일이었다.

그때 소옥이 다급히 다시 말했다.

(무혼, 조심해야 돼. 물론 너라면 지금 나타난 피라타들 정도야 쉽게 이길 수 있겠지만, 만일 놈들에게 지게 되면 자칫 이로이다 대륙이 피라타들에게 넘어갈 수도 있어.)

(으음, 그래?)

무혼은 침음성을 흘렸다. 보통의 바다에 출몰하는 해적들과 달리 차원의 바다에 출몰하는 해적들이 노리는 것은 차원 여행자가 속한 세계인 것이다.

어떤 방식으로 약탈이 자행되는지는 알 수 없지만 그런 상황이 발생하면 이로이다 대륙은 마족들에게 침탈당하는 것 못지않은 재앙이 발생할 것은 틀림없었다.

사실 지금 저 피라타 함선 위에 있는 이들의 일부만 이로이다 대륙에 나타나도 난리가 날 것이다.

그런데 바로 그때 무혼은 또 하나의 거대한 함선이 접근하고 있음을 감지했다. 그 함선은 조금 전 나타난 피라타의 함선보다 두 배 이상의 크기를 가진 대형 전함으로 갑판 위에는 물의 정령들과 물의 로아탄들이 잔뜩 우글거리고 있었다.

그런데 무혼이 놀란 것은 그 함선의 선수에 서 있는 푸른 머리를 나부끼는 싸늘한 안색의 여인이었다. 그녀 역시 물의 기운을 풍기는 정령의 일종 같았는데, 놀랍게도 지금껏 무혼이 보았던 그 어떤 존재보다 강력한 기운을 풍기고 있었다.

'놀랍군. 물의 정령왕 정도 되는 건가?'

그런데 그녀의 얼굴은 이전에 불의 정령 사만다의 거실에서 보았던 물의 정령왕 아쿠아의 초상화와는 전혀 달랐다. 일단 성별부터 달랐기 때문이다. 그렇다면 아쿠아 말고도 또 다른 물의 정령왕이 존재한다는 말인가?

사실 무한대로 펼쳐져 있는 차원의 세계에 마왕들뿐 아니라 정령왕들 또한 다수가 존재한다는 것은 어찌 보면 당연한 일이었다.

그 순간 소옥이 다급히 외쳤다.

(무혼! 또 뭔가가 나타났어.)

(알고 있다. 그런데 피라타들 같지는 않은데? 물의 정령왕 같은 느낌이 드는구나.)

(정령왕들 중에서도 피라타가 된 자들이 있다고 했어. 부디 피라타가 아니어야 할 텐데.)

소옥의 음성이 떨렸다. 차원의 바다나 차원풍으로부터 배를 보호하는 것은 소옥이 얼마든지 할 수 있지만, 피라타들로터 배를 지키는 건 무혼이 해야 할 일이었다. 소옥은 물론 무혼이 매우 강한 능력을 지니고 있다는 것은 알고 있었다. 그래도 그가 가진 경지가 어느 정도인지는 잘 알지 못했기에 그녀로서는 불안해하지 않을 수 없었다.

그런데 그렇게 불안해하는 건 소옥만이 아니었다. 갑판에 있던 푸르카와 포르티 등도 이로이다 호를 향해 다가오는 거대한 함선을 발견하고는 경악성을 발했다.

"선장! 어서 나와 보시오!"

"헉! 해, 해적이다!"

"무혼! 해적이 나타났어!"

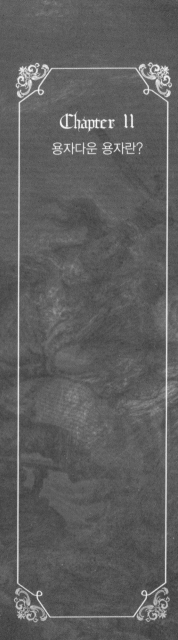

Chapter 11
용자다운 용자란?

차원풍도 모자라 이번엔 해적이라니!

한때는 항해가 무료해 해적이라도 나타났으면 좋겠다고 말했던 포르티였다.

그런데 말이 씨가 된다더니 정말로 해적이 나타났다. 이로이다 호보다 수십 배는 거대한 대형 해적선 위에는 딱 봐도 만만치 않은 녀석들이 우글거리고 있었다.

포르티는 사실 해적을 만난 것이 처음은 아니었다. 천 몇백 년 전쯤 이로이다 대륙의 북부 칼라모스 해에서 드래곤인 것을 몰라보고 그를 공격했던 코볼트 해적 함대를 전멸시킨 적도 있었으니까.

다시 말해 이로이다 대륙이 속한 세계에서는 해적들은 드래곤들의 심심풀이 유희거리 정도밖에 되지 않는 하찮은 존재일 뿐이었다.

그러나 지금 나타난 해적들은 그들과는 차원이 달랐다. 거대한 해적선의 갑판 위에 우글거리고 있는 말단 해적 하나의 전투력이 어지간한 상급 마족 이상이라니.

포르티는 자신이 전력을 다해도 그들 중 셋 이상을 상대할 자신이 없었다. 그것은 아그노스 역시 마찬가지였다.

"망할! 무슨 해적들이 저렇게 강해?"

"쟤들 해적 맞아?"

해적들이 나타나길 바랐던 것은 어디까지나 무료함을 달래줄 장난거리가 생길 것이란 기대였을 뿐이다. 미치지 않고서야 어찌 생사를 걸고 싸워야 할 만큼 강력한 해적들이 나타나길 기대하겠는가.

"으! 제길! 여기선 무슨 말을 못 하겠군."

"흥! 이게 다 포르티 너 때문이야. 제발 입방정 좀 그만 떨어. 네가 해적이 나타났으면 좋겠다고 하니 진짜 해적이 나타났잖아!"

"왜 나만 갖고 그러느냐? 입방정은 아그노스 너 역시 만만치 않았다."

"내가 뭘? 항상 네가 먼저 시작했어. 난 맞장구만 쳤을 뿐이야."

결국 푸르카가 인상을 썼다.

"조용히들 해라. 내가 보기엔 너희 둘 다 똑같다. 말이 씨가
된다고 그렇게도 말했거늘."

포르티 등은 움찔하더니 조용해졌다. 차원풍에 이어 이제는
어지간한 세계를 능히 접수하고도 남을 만큼 강력한 전투력
을 지닌 해적선이 출몰하는 모습을 본 그들은 두 번 다시 쓸
데없는 입방정을 떨지 않기로 다짐했다.

그래도 최근 각성을 통해 능력이 대거 상승한 푸르카는 비
교적 담담한 기색을 유지하고 있었다. 해적들의 능력이 매우
대단한 것에 놀란 것은 사실이었지만, 해적 선장으로 보이는
대머리 거인을 제외하고는 그가 두려워할 만한 존재는 없었기
때문이다.

그러나 그런 푸르카 역시 그 뒤에 처음 나타난 것보다 더욱
거대한 함선이 나타난 것을 보고는 안색이 딱딱하게 굳어지
고 말았다.

그 거대 함선에는 푸르카가 언뜻 봐도 자신이 감당하기 힘
든 강자들이 최소 열 이상 되었다. 특히 선두에 있는 푸른 머
리카락의 여인을 보는 순간 푸르카는 정신이 하얗게 비는 것
처럼 공포에 질리고 말았다.

각성하여 이전과 비할 수 없이 강해진 푸르카를 초라하게

만들어 버리는 저 여인의 정체는 대체 무엇인가? 푸르카는 그녀의 앞에서는 숨조차 제대로 쉴 수 없었다.

'이, 이럴 수가! 설마 물의 정령왕?'

눈치 빠른 푸르카는 가공할 기운을 풍기는 푸른 머리카락의 여인이 바로 물의 정령왕이라는 것을 깨달았다. 마왕과 동급 이상의 능력을 가진 정령왕은 푸르카가 죽었다 깨어나도 어찌할 수 없는 초월적 존재였다.

푸르카의 추측대로 그녀는 물의 정령왕이었다. 차원의 바다를 누비는 피라타 헌터로 엄청난 명성을 가지고 있는 물의 정령왕 베나토르 슈이었다.

그런데 그때 슈이의 출몰에 기겁하며 떠는 이들이 또 있었다. 다름 아닌 처음 나타났던 함선 위에 있던 해적들이었다. 그들은 슈이의 거대 함선을 발견하자 경악하더니 잽싸게 배를 선회해 달아나기 시작했다.

의기양양하게 이로이다 호를 향해 다가오던 해적선이 우측으로 급선회하며 달아나는데 그 속도는 가히 바람과 같았다. 해적선은 눈 깜짝할 사이에 수평선 어름의 먼 거리로 이동해 있었다.

그러나 슈이의 대형 함선은 해적선보다 더욱 빨랐다. 그것은 어느새 해적선의 측면으로 따라붙었다. 푸른빛을 번쩍이는 정령과 로아탄들이 해적선의 갑판으로 뛰어내렸고 갑판에서는 치열한 격전이 벌어졌다.

저항은 완강했지만 상황은 순식간에 정리되었다. 슈이의 부하들이 가진 전투력이 해적들에 비할 수 없이 강력했기 때문이었다.

심지어 슈이는 신비로운 푸른 머리카락을 휘날리며 담담히 지켜보고만 있을 뿐 전투에 참여하지도 않았다. 그녀의 부하들 중 일부만 투입되고도 순식간에 승리를 거둔 것이었다.

푸르카 등은 그 모습을 두 눈이 휘둥그레진 채 쳐다봤다. 그들은 무척 놀라면서도 내심 두 함선이 같은 패거리가 아니었다는 것에 일단 안도하고 있었다.

그때 해적선의 선장인 대머리 거인 흐람이 만신창이가 된 채 물의 로아탄들에게 질질 끌려 슈이의 앞으로 왔다. 흐람은 재빨리 슈이의 발 앞에 엎드렸다.

"위…… 위대하신 물의 정령왕 베나토르 슈이님이시여! 부디 이 미력한 존재에게 자비를 베풀어 주시옵소서."

그러자 슈이가 코웃음 치며 대답했다.

"피라타 흐람! 너의 악명은 오래도록 익히 들어 알고 있었지. 언제까지 해적질을 할 수 있을 것이라 생각했느냐?"

"마…… 마지막으로 딱 한 번만 하고 그만두려고 했습니다. 이번만 봐주시면 두 번 다시 해적질을 하지 않을 테니 제발…… 쿠억!"

흐람은 더 이상 말을 하지 못했다. 슈이가 인상을 확 찌푸리더니 발로 흐람의 입을 걷어차 버린 것이다. 멀찌감치 나가떨어진 흐람의 얼굴에서 입이 사라져 버렸다. 흐람은 말을 못하게 되자 눈을 깜빡깜빡이며 동정을 호소했지만 슈이는 그를 쳐다보지도 않았다.

"끌고 가라."

"예."

물의 로아탄 하나가 흐람을 후려쳐 기절시킨 후 번쩍 들고 어디론가 사라졌다. 그사이 갑판에 있던 흐람의 부하들도 모두 어디론가 끌려간 터였다.

곧바로 텅 비어 있는 흐람의 함선을 향해 슈이가 손바닥을 내밀었다.

스스스승──

놀랍게도 거대한 함선의 크기가 작은 콩알처럼 작아지더니 그것은 이내 슈이의 손바닥 안으로 빨려들 듯 스며들어 버렸다.

'허어! 기막히군.'

'배를 손으로 흡수해 버리다니, 과연 물의 정령왕이다.'

푸르카 등은 입을 쩍 벌리고 있었다. 꽤 멀리서 벌어진 일이지만 그들은 방금 전 물의 정령왕 슈이가 해적 선장 흐람을 걷어차는 장면부터 그녀의 손으로 해적선을 흡수하는 장면까지 모두 지켜보고 있었다.

그때 물의 정령왕 슈이의 함선이 방향을 선회해 이로이다 호를 향해 다가왔다.

'아니, 왜 이쪽으로?'

'앗! 여기로 온다!'

푸르카 등은 바싹 긴장했다. 슈이의 거대 함선에 비하면 이로이다 호는 작은 뗏목 정도의 크기였다. 그대로 짓밟고 지나가면 이로이다 호는 흔적도 없이 부서져 버리고 말 것이다.

그런데 그들의 우려와 달리 슈이의 함선은 이로이다 호와 일정 거리를 두고 멈췄다. 슈이는 선갑판 위에 오연히 선 채로 이로이다 호를 노려보더니 미간을 살짝 찌푸리며 물었다.

"그 배는 선장이 누군가?"

그러자 무혼이 선미루의 3층에서 훌쩍 갑판 위로 뛰어내리며 대답했다.

"내가 선장인데 무슨 일이오?"

순간 슈이가 무혼을 뚫어져라 노려보더니 고개를 갸웃했다. 그녀는 무혼으로부터 풍겨 나오는 기세를 가늠해 보려 했지만 그 기운이 너무도 평범했다.

슈이가 보기에 무혼은 오히려 그의 호위 무사라 생각되는 드래곤들보다 못할 정도로 유약했다. 그런데도 그를 보는 순간 알 수 없는 위축감이 느껴지니 그녀로서는 이상하지 않을 수 없었다.

"그대는 혹시 용자인가? 아니면 그냥 차원의 여행자인가?"

"나는 용자가 맞소."

무혼은 담담히 그녀를 쳐다보며 대답했다. 슈이는 무혼이
용자라는 말에 눈을 크게 떴다.

"호! 정말 오랜만에 보는 용자로군. 어쨌든 운 좋은 줄 알
아라."

"운이 좋다니 그게 무슨 말이오?"

"아직도 상황 파악을 못 했나 보군. 내가 아니었다면 넌 조
금 전 그 흐람이라는 악명 높은 피라타 녀석에게 죽었을 거
고, 네가 속한 세계는 몽땅 털리고 말았을 거야."

그 말에 무혼은 정중히 포권을 하며 말했다.

"당신의 도움에 감사드리오. 덕분에 위기를 면한 것 같소."

그런데 뭔가 도움을 받아 감사를 표하는 자의 태도치고는
너무도 당당했다. 슈이는 본래 남들을 도와주고 그리 생색을
내는 편은 아니었지만, 이상하게 무혼의 그런 태도는 마음에
들지 않았다.

그것은 아마도 무혼으로부터 느껴지는 알 수 없는 위축감
에서 오는 반발심 때문이리라.

그러나 아무리 봐도 상대는 풋내기 용자일 뿐이었다. 차원
계의 초월자이자 피라타 헌터로서 명성이 자자한 정령왕 슈이

로서는 신경 쓸 가치조차 없는 존재인 것이다.

지금껏 그녀가 보아온 용자가 어디 한둘이었던가. 수많은 용자들 중 지금껏 그녀가 감탄할 만큼 대단한 능력을 지닌 용자는 극히 드물었다.

대부분의 용자는 매우 약했고, 그들의 부하들이 가진 능력도 형편없었다. 그들은 멋모르고 차원의 바다에 나왔다가 피라타들의 표적이 되고, 결국 비참한 신세로 전락하곤 했다.

탐욕스러운 피라타들은 용자들을 죽인 후 그들이 가진 세계를 빼앗았다. 피라타들은 마계의 마족들 못지않은 사악한 심성을 지닌 이들이 대부분이라 그들이 장악한 세계에 속한 이들은 비참한 지경에 처하게 되는 것이었다.

슈이가 보기에 지금 눈앞에 있는 무혼이야말로 전형적인 풋내기 용자였다. 어떻게 고작 드래곤 셋만을 데리고 차원의 바다에 나올 생각을 했다는 말인가?

대부분의 용자들은 드래곤을 대단하게 생각하지만 차원의 바다에서 드래곤 따위는 강한 축에 끼지도 못한다. 드래곤보다 강한 전투력을 지닌 피라타들이 도처에 우글거린다는 말이었다.

그런데도 항상 그렇듯 용자들은 주제 파악을 못 하는 경우가 대부분이었다. 이 무한대로 펼쳐진 방대한 차원의 세계에서 그들이 얼마나 미약한 존재인지를, 동시에 초월자인 정령

왕이라는 존재가 얼마나 대단한 존재인지를 잘 모르고 있었
다.

슈이는 무혼을 향해 비웃음을 날렸다.

"도대체 이해할 수 없어. 풋내기 용자 주제에 여기가 어딘
줄 알고 함부로 돌아다니는 거지? 고작 드래곤 셋을 대동하
고 이 험한 차원의 바다를 여행하다니 제정신이 아니야. 내가
너라면 당장 돌아갈 텐데."

고작 드래곤 셋이라는 말에 푸르카 등은 일순 울컥했다.
그동안 이로이다 대륙에서 살면서 단 한 번도 들어본 적 없는
말이었다. 그 누가 감히 드래곤 앞에 고작이라는 말을 붙인다
는 말인가?

그러나 이곳 차원의 바다에서, 그것도 물의 정령왕의 입에
서 나온 말이다 보니 왠지 설득력이 있어 보였다. 푸르카 등이
스스로 생각해 봐도 이 거친 차원의 바다를 무사히 항해하려
면 고작 드래곤 셋만으로는 어림도 없었다.

아무리 못해도 조금 전 물의 정령왕의 부하들에게 제압당
한 피라타 흐람의 해적선 따위는 무찌를 수 있는 전력이 되어
야 한다. 그러기 위해서는 드래곤 셋 정도로는 어림도 없고 그
스무 배쯤은 있어야 할 것이다.

물론 그렇다 해도 물의 정령왕 슈이의 앞에서는 미력한 수
준일 뿐이겠지만 말이다.

한편 무혼은 슈이의 조롱이 가득한 말 앞에서도 별다른 불쾌한 기색을 내비치지 않았다. 그는 여전히 담담한 미소를 지으며 고개를 끄덕여 주었다.

"충고 고맙소."

그 말에 슈이가 기이한 표정을 지었다.

"나라면 누군가 내게 훈계를 하면 기분 나빠할 텐데. 그대는 그것을 충고라 생각하는가?"

"물론이오."

"뭐, 그런 태도는 마음에 드는군. 하지만 그렇다 해도 그대가 풋내기 용자라는 사실은 변하지 않아. 듣기엔 기분 나쁘겠지만 말이야."

무혼은 피식 웃었다.

"솔직히 나는 풋내기 용자가 맞소. 용자로 각성한 지 얼마 되지 않았기 때문이오. 어쨌든 당신의 충고는 고맙게 받아들이겠소."

솔직히 무혼으로서도 슈이의 오만한 태도가 마음에 들 리는 없었다. 그러나 이 상황에서 무혼이 불쾌한 기색을 내비치면 그녀와 자칫 전투를 벌이게 될 가능성도 있었다.

마왕과 싸우러 가는 상황에서 정령왕을 적으로 돌려서 좋을 것이 있겠는가. 정말로 무혼에게 심한 모욕감을 주거나 혹은 무혼의 일을 방해한다면 모를까, 이 정도는 얼마든지 참아

줄 수 있었다.

특히나 조금 전 해적들을 공격한 걸 보면 슈이는 그리 나쁜 심성을 지닌 것 같지는 않았다. 차원계의 초월자라는 정령왕 특유의 오만함이 몸에 배어 있을 뿐이다.

그리고 사실 그녀의 말은 대부분 맞는 말이었다. 무혼이 정말로 드래곤 셋만을 믿고 이 험한 차원의 바다에 나왔다면 지금이라도 당장 이로이다 대륙으로 돌아가는 것이 현명한 일인 것이다.

그녀의 말을 듣고 짐작해 보면, 그동안 적지 않은 용자들이 제대로 된 전력을 갖추지도 않은 채 차원의 바다에 나왔다가 봉변을 당한 것이 분명했다.

그때 슈이가 물었다.

"용자, 그대의 이름은 뭔가?"

"무혼."

"좋아. 용자 무혼! 내 말을 정말 충고로 받아들인다면 지금 당장 그대가 속한 세계로 돌아가. 그리고 힘을 키워."

슈이는 무혼이 대답할 틈도 주지 않고 말을 이었다.

"나는 물의 정령왕 베나토르 슈이! 언제고 그대가 차원의 바다를 충분히 누빌 만큼 강해진다면 그땐 나도 그대를 더 이상 풋내기 용자라고 부르지 않겠어. 그때가 과연 올지는 모르겠지만."

무혼은 씩 웃으며 포권했다.

"노력해 보겠소."

"난 가급적 그 날이 꼭 왔으면 하는 심정이야. 정말로 용자다운 용자를 보고 싶으니까."

"용자다운 용자라? 당신이 생각하는 용자란 어떤 것이오?"

그러자 슈이는 돌연 눈을 강렬히 번뜩이며 말했다.

"다른 건 다 필요 없어. 그냥 강하면 돼."

"그냥 강하면 된다? 설마 그게 용자다운 것이오?"

"그럼 다른 게 뭐가 필요해?"

"그보다는 용자다운 사명감이나 정의감? 이런 것들이 더 중요하지 않겠소?"

순간 슈이가 코웃음을 쳤다.

"용자들 중 정의감이나 사명감이 없는 이들은 거의 없어. 문제는 힘이 없다는 거야. 용자는 힘이 없다는 것 자체가 죄악이야. 용자가 약하면 그가 속한 세계가 재앙에 빠지거든. 힘없이 정의감만 넘치니 그게 문제라고."

"그건 무척 안타까운 일이오."

"당연히 안타깝지. 오죽하면 내가 다 나서서 피라타들을 때려잡고 있을까? 이런 건 본래 용자들이 해야 할 일이지만 대부분의 용자들은 약한 피라타 하나 감당 못할 만큼 실력이 허접하니. 하아! 나도 정말 귀찮아 죽을 지경이야. 그깟 용자들이 죽건 말건 신경 쓰고 싶지 않은데 말이야."

"많은 용자들이 당신에게 고마워하고 있을 것이오."

슈이는 어깨를 으쓱했다.

"그들이 정말로 고마워하는지는 잘 모르겠어. 지금껏 셀 수 없이 많은 용자들을 살려줘 봤지만 고맙다고 찾아오는 이들은 거의 없었거든."

"뭐든 도움을 줬으면 그냥 그것으로 만족하는 게 좋소. 그에 대한 대가를 바라고 있으면 공연히 속만 상할 뿐이오."

"내게 하는 충고인가? 틀린 말은 아니야. 나 역시 별다른 대가를 바라는 건 아니지만 그냥 기분이 그렇다는 거지. 그래도 난 그들이 한 번쯤 날 찾아와 당당하게 강해진 모습을 보여줬으면 했어. 다들 형편이 어려워서 찾아올 면목이 없는 건지도 모르겠지만."

그 말을 끝으로 슈이는 한 손을 흔들며 작별을 고했다.

"쓸데없이 말이 길어진 것 같네. 그럼 난 이만 가볼 테니 그대도 그대가 속한 세계로 돌아가도록 해."

그녀의 말이 끝나기도 전에 그녀의 함선은 흐릿해지기 시작했고 순식간에 어디론가 사라져 버렸다.

그러자 푸르카를 비롯한 드래곤들은 안도의 한숨을 내쉬었다. 특히 포르티와 아그노스는 갑판에 털썩 주저앉았다.

"휴우! 드디어 갔다."

"하아! 죽는 줄 알았네."

그들은 물의 정령왕 슈이의 기세에 눌려 바싹 얼어 있다가 그녀가 사라지자 비로소 긴장이 풀린 것이었다. 그러나 그들은 이내 풀 죽은 듯 침울한 표정을 지었다.

'크윽! 제길! 아무래도 우리 공연히 따라온 것 같다.'

'우린 무혼에게 짐만 되는 것 같아.'

고작 드래곤 셋이라는 말을 들었으면서도 오히려 자신들이 그 말에 공감을 하고 있었다. 공감은 가면서도 심히 비참했다. 정말로 드래곤인 자신들이 먼지처럼 미력하게 느껴질 정도로.

그러한 비참함은 포르티와 아그노스뿐 아니라 푸르카도 느꼈다. 그는 그래도 자신은 한몫 단단히 할 것이라 자신했는데 물의 정령왕 패거리와 조우하고 나자 그러한 자신감은 소멸되어 버렸다. 그 역시 차라리 이로이다 대륙으로 돌아가고 싶은 심정이었다.

그때 무혼이 포르티와 아그노스의 어깨를 툭 치며 말을 건넸다.

"이봐? 너희들 왜 그리 기운이 빠져 있는 거냐?"

그러자 포르티가 머리를 긁적이며 대답했다.

"나는 왠지 괜히 따라온 것 같구나, 무혼."

"나도. 네게 짐만 되는 것 같아."

아그노스도 풀 죽은 표정으로 말했다. 무혼은 씩 웃었다.

"물의 정령왕 슈이의 말에는 신경 쓸 것 없어. 나는 너희들이 옆에 있는 것만으로도 충분히 힘이 된다. 일단 심심하지는 않거든."

포르티가 인상을 구겼다. 고작 심심하지 않다니? 결코 위로가 되는 말은 아니었다.

"제길! 물론 심심하지야 않겠지. 하지만 전투에는 별로 도움이 않으니 문제라는 거다. 이 빌어먹을 바다에서는 하찮은 말단 해적 한 놈도 만만한 녀석이 없단 말이야."

"싸움은 내가 한다. 너흰 뭐든 너희가 감당할 만한 적들만 상대하면 된다. 그 이상은 내가 알아서 할 테니 고민하지 마라."

무혼의 말에 포르티 등은 이상하게 마음이 안정되는 기분을 느꼈다. 본래라면 이런 말을 들었을 때 뭔가 자존심이 상해야 하지만 무혼이 그 말을 하니 조금도 기분이 나쁘지 않았다.

옆에서 듣고 있던 푸르카 역시 마찬가지였다. 그 역시 무혼이 싸움은 내가 한다는 말을 했을 때 이상하게 마음이 안정되었다. 명색이 드래곤 로드로서 남에게 의존한다는 것이 어색한 일이긴 하지만, 용자인 무혼에게는 왠지 그것이 당연하게 느껴지는 것이었다.

"분위기도 풀어볼 겸 우리 카드놀이나 해볼까?"

무혼의 제안에 포르티 등은 멍한 표정을 지었다. 무혼이 설마 카드놀이를 하자고 할 줄은 몰랐다. 포르티가 히죽 웃으며 말했다.

"크흐! 그거 듣던 중 반가운 소리군."

"호호! 그럼 내기는 뭐로 할까?"

아그노스는 아공간에서 부드러운 담요를 꺼내 갑판 위에 깔았다. 포르티가 그 위에 카드를 올려놓자 푸르카도 은근슬쩍 다가와 앉았다.

곧바로 카드가 돌려졌다. 잠시 자신의 카드를 살펴보던 푸르카가 돌연 카드를 내보이며 키득거렸다.

"크흐! 난 광이나 팔아야겠군."

푸르카의 말에 포르티의 인상이 구겨졌다.

'젠장! 광을 팔다니! 어쨌든 이번 판은 절대 질 수 없다.'

'치잇! 부럽군. 나도 광 팔고 싶어.'

아그노스도 새침한 표정으로 푸르카를 힐끗 노려보다 다시 카드에 집중했다.

그들은 강렬한 승부욕에 넘쳤지만 무혼은 느긋한 표정으로 누가 광을 팔든지 말든지 신경 쓰지 않았다.

(무혼, 전방에 오르덴의 항구가 있어. 어떻게 할까?)

그때 소옥의 음성이 들려왔다. 무혼은 고개를 갸웃했다.

(오르덴?)

(오르덴들은 차원의 바다를 떠다니는 각종 섬에서 살고 있는 기이한 종족이야. 개별 능력은 천차만별이지만 그보다 그들은 차원의 바다 전역에 걸쳐 하나로 연결되어 있어서 아무도 그들을 건드리지 못해. 숫자가 엄청나게 많거든.)

(특이한 자들이군.)

(그들과 친해지면 매우 편할 거야. 그들은 항구를 비롯해 도처에 크고 작은 도시를 운영하며 항해자들에게 각종 휴식처를 제공하고 있어.)

(휴식처라면 여관 같은 것이 있다는 거야?)

(뭐든 있어. 상점도 있고 레스토랑이나 술집도 있어. 인간들의 항구 도시와 거의 비슷하다고 보면 돼.)

(흠.)

차원의 바다에도 항구와 도시라는 것이 존재한다는 말에 무혼은 놀랐다. 하긴 해적도 있고 해적 사냥꾼도 있는데, 항구나 도시가 있다는 것이 무엇이 놀랍겠는가.

소옥이 아직 좌표를 파악하지 못한 터라 무작정 표류하기보다는 오르덴의 항구에 잠시 머무르며 정보를 얻어 보는 것도 좋을 듯했다.

(일단 들러 보자.)

(들러도 상관은 없지만, 거기서도 뭐든 하려면 돈이 필요할 거야.)

(돈이라?)

무혼은 뜻밖이라 생각하지 않았다. 정령들의 도시에서도 라나라는 화폐가 존재했듯이, 이곳 오르덴의 항구 도시에서도 그들만의 통용되는 화폐가 있을 것이다.

'환전하는 장소가 있겠지. 아니면 상점에 물건을 팔아도 될 거고.'

무혼은 팔찌의 아공간에 수백 종류의 화폐가 있다는 걸 기억하고 소옥에게 물었다.

(혹시 아공간에 있는 화폐 중에 오르덴의 항구에서 사용할 수 있는 것이 있느냐?)

(물론이야.)

소옥은 아공간의 한쪽에 있는 자그만 주머니를 반짝여 보였다. 무혼이 그 주머니를 꺼내 살펴보자 푸른빛이 나는 세모난 조각들과 보라색의 네모난 조각들이 가득 들어 있었다.

(이것들도 화폐인가?)

(푸른빛의 세모난 조각은 베카라고 하고, 보라색의 네모난 조각은 가디라고 해. 1베카는 100가디의 가치가 있어.)

살펴보니 베카와 가디라 불리는 그 조각들에는 1혹은 10이라는 숫자가 라티지드 문자로 적혀 있었다. 그것을 본 무혼의 두 눈이 커졌다.

'차원의 바다에 사는 오르덴들도 라티지드 문자를 사용하다니 놀랍군.'

이로이다 대륙의 모든 문자가 라티지드 문자에서 파생되어 나왔다는 사실을 알고 있는 무혼으로서는 상당히 흥미로운 발견이 아닐 수 없었다.

다른 건 몰라도 문자가 우연히 일치할 수는 없는 법이다. 애초의 기원이 이로이다 대륙이 아닌 이 방대한 차원의 세계 어딘가에서 비롯되었을 가능성이 높았다.

차르륵!

그사이 무혼은 베카와 가디를 구분해서 액수를 세어 보았다. 아쉽게도 푸른빛의 세모난 조각인 베카는 몇 개 되지 않았다. 대부분 보라색의 네모난 조각인 가디들뿐이었다.

32베카 14가디.

이것이 주머니에 있는 총액수였지만, 무혼으로서는 이 금액이 어느 정도의 가치에 해당되는지 알 수 없었다. 그보다 궁금한 것은 팔찌의 아공간에 어째서 이 특이한 화폐들이 있냐는 것이었다.

(소옥, 혹시 필라우스 님도 오르덴의 항구 도시에 들린 적이 있느냐?)

(천 년 전 차원 이동 중 좌표가 뒤얽히며 우연히 오르덴의 한

도시로 빠진 적이 있었어.)

　필리우스는 무혼처럼 차원의 바다를 항해한 것은 아니었다. 그저 불특정의 좌표로 차원 이동을 시도했었고, 그러던 중 우연히 오르덴의 도시로 이동하게 된 모양이었다.

　소옥의 말에 의하면 천 년 전 필리우스는 그 오르덴의 도시에서 상당한 기간을 머물렀다고 했다. 그 이유는 돈을 벌어서 차원의 좌표를 사기 위함이었다고 했는데, 돈을 벌기가 상당히 힘들어서 꽤 오랜 시간이 걸렸다는 것이었다.

　당시 필리우스가 가진 차원의 보주로는 바다를 항해하기가 불가능했고 이동할 수 있는 좌표도 제한되어 있었다. 그래도 오르덴의 도시에서 일한 덕분에 몇몇 새로운 세계들의 좌표를 알아내는 데 성공했던 모양이었다.

　그러나 그러한 좌표들은 필리우스의 죽음과 동시에 소옥의 기억에서도 지워져 버려 지금은 알 수 없다고 했다.

　촤아아아!

　그사이 이로이다 호는 전면에 나타난 커다란 섬의 항구를 향해 접근하고 있었다. 항구의 거대한 부두에는 갖가지 형상의 선박들이 정박해 있었는데, 그중에 낯익은 함선이 하나 보였다.

　'저 배는?'

　그 함선은 워낙 거대하다 보니 정박되어 있는 수많은 선박

들 중에서도 유독 눈에 띄었다. 다름 아닌 물의 정령왕 슈이의
거대 함선이었다. 그녀 역시 이곳 항구에 머무르고 있는 게 분
명했다.

Chapter 12
모든 길은 베카로 통한다

그때 이로이다 호의 갑판 위로 갈색의 그림자와 같은 뭔가가 날아 내렸다. 그것은 갈색 머리를 지닌 건장한 인간 청년의 모습으로 변했다. 그는 대략 상급 정령 정도의 기세를 가지고 있었다.

"너는 누구냐?"

푸르카가 눈을 번뜩이며 노려보자 청년은 빙긋 웃으며 말했다.

"놀라지 마십시오. 저는 오르덴이며 시난 항의 안내인입니다. 꿈의 항구 시난에 오신 것을 진심으로 환영합니다. 이 배의 선장이 누구신지요?"

이곳 항구 도시의 이름이 시난인 모양이었다. 오르덴의 항구도 수없이 많다 보니 항구마다 이름이 있을 것은 당연했다. 무혼이 앞으로 나서며 말했다.

"이로이다 호의 선장 무혼이오. 시난 항에 정박하고자 하는데 가능하겠소?"

"물론 가능합니다. 다만 이 정도 규모의 선박은 정박료로 10베카를 받고 있지요. 이는 상당히 저렴한 편입니다. 보통은 20베카 이하로는 잘 받지 않거든요. 오르덴의 항구마다 방침이 다르지만 시난 항에서 외상은 절대 불가합니다."

그 말에 무혼은 주머니에서 10베카를 꺼내 안내인에게 내밀었다.

"여기 10베카요."

"고맙습니다. 그럼 이로이다 호의 정박을 허가합니다. 도시의 출입증은 개당 1베카인데 몇 개나 필요하신지요."

"출입증?"

"도시에 출입하려면 반드시 출입증이 있어야 합니다. 출입증이 없는 자는 배에 그냥 남아 있어야 하지요."

"여기 4베카요."

그러자 안내인은 하얀색의 띠 팔찌를 네 개 내주었다.

"이 띠 팔찌를 각자 왼 손목에 차고 계십시오. 잃어버리면 다시 출입증을 사야합니다."

무혼은 자신이 하나를 착용하고 나머지 셋은 푸르카 등에게 각각 하나씩 나누어 주었다. 모두가 띠 팔찌를 착용하자 안내인은 이로이다 호를 부두에 정박시킨 후 앞쪽에서 걸으며 활기차게 말했다.

"자, 이제 저 안으로 들어가시면 시난의 모든 것을 자유롭게 이용하실 수 있습니다. 단, 베카와 가디가 허락하는 한에서지만 말입니다. 하하하! 저희 오르덴들이 늘 하는 말이 있지요. 모든 길은 베카로 통한다! 아주 멋진 말 아닙니까?"

그러니까 돈이 있어야 뭐든 할 수 있다는 말이었다. 무혼은 쓴웃음을 지었다.

'필리우스 님이 남겨놓은 돈이 아니었으면 여기 들어오지도 못했겠군.'

정박료와 출입증 값으로 무려 14베카가 들었다. 그 돈이 없었다면 무혼은 시난항에 정박은커녕 출입조차 할 수 없었을 것이다.

18베카 14가디.

이것이 현재 남은 오르덴의 화폐였다. 딱 봐도 그리 많은 액수가 아니라는 것을 알 수 있었지만 그래도 이거라도 어디인가.

사실 없는 형편에 드래곤들의 출입증까지 만들어 주기란 부담스러운 일이었지만, 풀이 잔뜩 죽어 있는 드래곤들만 배에 남겨 두고 무혼 혼자 항구에 들어갈 수는 없는 일이었다.

'어떤 식으로든 돈을 벌 방법은 있겠지. 보물을 처분하는 것도 한 방법일 거야.'

무혼은 아공간에 있는 마법 도구나 마정석과 같은 것들을 처분하면 제법 베카를 벌 수 있지 않을까 기대하고 있었다. 그리고 그렇게 번 베카를 통해 유레아즈 마왕이 있는 곳으로 가는 최단 항로 좌표들을 알아볼 생각이었다.

"주의하실 것은 이곳 시난에서는 절대 분쟁을 허락하지 않습니다. 만일 그런 일을 벌일 경우 앞으로 저희 오르덴들과 영원한 적이 될 것임은 물론, 막대한 손해배상을 치를 각오를 하셔야 할 것입니다."

"분쟁이라 했소?"

"그렇습니다. 우리 오르덴들은 차원의 바다에서 철저한 중립을 지키고 있으며, 모든 종족에게 평화로운 휴식처를 제공하고 있습니다. 따라서 오르덴의 항구나 도시에는 용자나 마왕, 정령왕, 로아탄뿐 아니라 기타 어떤 종족이든 출입이 가능합니다."

무혼이 놀란 표정을 지었다.

"마왕도 들어올 수 있다는 거요?"

"물론입니다. 하지만 마왕을 본다 해도 두려워하실 것은 없습니다. 마왕들도 오르덴의 영역에서는 누구도 해치지 않습니다. 이유 여하를 불문하고 누구든 해치거나 공격을 가하면 그 즉시 저희 오르덴과 영원한 적이 될 테니까요."

"그것이 룰이라면 나도 따르도록 하겠소."

그러자 안내인이 빙긋 웃더니 몇 가지 설명을 더해 주었다.

"참고로 저희 오르덴들과 적이 된 자들을 척살하는 데 도움을 주시면 많은 돈을 벌 수 있습니다. 물론 그것은 매우 위험한 일이니 실력에 자신이 없다면 절대 맡으면 안 됩니다."

"적이 된 자들이 꽤 많소?"

"대부분 피라타들입니다. 이곳 시난처럼 큰 도시는 감히 얼씬도 못 하지만 작은 도시들은 피라타들의 공격을 자주 받는 편이지요. 또한 피라타들은 저희 오르덴들의 상선을 공격해 약탈을 자행하기 일쑤입니다. 차원의 바다의 골칫덩이라 할 수 있지요. 그러다 보니 피라타들은 거의 모두 현상금이 걸려 있습니다."

"마왕들 중에는 없소?"

무혼은 혹시 유레아즈라면 상당히 많은 현상금이 걸려 있지 않을까 기대하며 물었다. 그러나 의외로 안내인은 고개를 흔들었다.

"대부분의 마왕들은 절대 그런 바보짓을 하지 않습니다. 그렇지 않아도 그들은 적이 많은데, 거기에 저희 오르덴의 적이 되어 현상금이 붙으면 배겨 날 마왕이 몇이나 되겠습니까?"

"음, 그렇소?"

"마왕들 대부분은 저희 오르덴의 귀한 단골이자 큰 손들이지요. 타락한 용자들도 사정은 비슷합니다. 대부분의 정령왕들도 마찬가지고요. 아, 그러고 보니 오늘은 피라타 헌터로 유명하신 물의 정령왕 슈이님이 모처럼 방문을 해 주셨지요. 그분의 방문은 저희 시난의 영광이랍니다."

"그녀가 그토록 유명하오?"

그러자 안내인은 어이없다는 듯 무혼을 쳐다봤다.

"물의 정령왕 베나토르 슈이님을 모르는 걸 보니 당신은 차원의 바다를 여행한 지 얼마 안 되었나 보군요."

"실은 초행이오."

무혼의 말에 안내인 청년은 그럴 줄 알았다는 듯 웃으며 고개를 끄덕였다.

"하하, 괜찮습니다. 처음부터 모든 것을 다 알 수는 없는 법이지요. 아무튼 행운을 빕니다. 베카가 없다면 시난에서 많은 것을 얻을 수는 없겠지만, 그래도 좋은 경험은 될 것입니다."

"안내 고맙소."

무혼은 푸르카 등과 함께 거대한 성문의 입구로 들어섰다. 성문 앞에는 '모든 길은 베카로 통한다' 라는 커다란 글자가 돌을새김 되어 있는 거대한 비석이 보였다.

도시는 화려했다.

지상과 상공으로 이어진 기묘한 형상의 길들 사이로는 온갖 휘황찬란한 건물들이 죽 늘어서 있었고, 멀리 보이는 광장에는 갖가지 형상의 종족들이 자유롭게 거닐고 있었다.

길과 건물, 그리고 광장.

이는 어떤 종족의 도시에도 공통적으로 존재하는 것일까? 그러한 것들은 무혼이 인간과 오크, 정령들의 도시에서도 보았는데 이곳 차원의 바다에 존재하는 오르텐의 도시에서도 다를 바가 없었다.

물론 그 모든 형태가 지금껏 보았던 어떤 도시들보다 거대하다는 것이 이곳 오르텐 도시의 특징이라면 특징이었다.

거리에는 무혼보다 키가 열 배는 됨직한 거인들부터, 거꾸로 십 분의 일도 되지 않는 작은 요정들까지, 그야말로 각양각색의 종족들이 보였다.

공통점이라면 모두들 눈빛이 범상치 않았고 그 못지않게 능력도 출중해 보였다. 포르티가 주변을 두리번거리다 투덜거렸다.

"젠장! 이거 어디 주눅 들어 살겠나. 어떻게 지나가는 놈들 중 만만한 녀석 하나 안 보이냐?"

"쳇! 우리 같이 약한 드래곤들은 그냥 조용히 쥐죽은 듯 고개를 숙이고 다니는 게 상책이라고.”

아그노스도 착잡한 표정으로 투덜거렸다. 물론 그들이 전력을 다하면 때려눕힐 수 있는 녀석들이 대부분이긴 했지만, 그렇다 해도 부담스러운 것은 틀림없었다.

이로이다 대륙에서는 전력은커녕 손가락 하나만 까딱해도 쓰러뜨릴 수 있는 이들이 대부분이었는데, 이곳은 길거리를 지나는 이들 중 서넛을 동시에 상대하기도 쉽지 않아 보였으니까.

반면에 푸르카의 안색은 비교적 밝아졌다.

‘흠! 여기 오니 그래도 만만한 녀석들이 많이 보이는군.’

푸르카는 사실 아까 물의 정령왕과 그녀의 부하 패거리들이 발하는 가공할 기세 앞에 기가 잔뜩 죽었었다. 그래서 이곳 도시에도 그와 같이 무서운 능력을 지닌 이들이 우글거리고 있을 것이라 예상해 내심 긴장하고 있었는데, 의외로 그렇게 강한 기세를 풍기는 자들은 거의 보이지 않았다.

길거리를 누비는 이들 중 대부분이 포르티나 아그노스보다도 못한 정도의 실력을 지니고 있었고, 지금의 푸르카와 비슷한 능력을 지닌 이들은 전혀 없었다.

간혹 푸르카가 각성하기 전과 비슷해 보이는 이들이 드물게 지나가긴 했지만 말이다.

그러면 그렇지. 이게 정상이다. 그 죽을 듯한 악취를 견뎌내며 각성까지 했는데 어디 가서 약골 소리나 듣는다는 건 말이 안 되는 소리인 것이다. 푸르카의 목이 꼿꼿하게 변했고 그의 입가에는 여유로운 미소가 흘렀다.

그러던 그의 두 눈에 돌연 경악이 어렸다. 잘못 봤나 싶었는데 아니었다. 그가 꿈에서도 결코 잊을 수 없는 누군가가 보였다.

'……!'

남빛의 신비로운 머리카락을 허리까지 늘어뜨린 아름다운 여인. 피부에 보석 가루를 뿌려 놓기라도 한 것일까? 그녀는 멀리서 보아도 눈부셨다. 지나가는 이들이 모두 눈을 크게 뜨고 그녀를 쳐다볼 정도였다.

'저, 저년은?'

푸르카가 어찌 그녀를 몰라볼 수 있겠는가.

한때 그의 애인이었다가 그와 드래곤들에게 무자비한 살수를 자행한 악녀! 유레아즈 마왕의 딸 리디아였다. 푸르카의 두 눈이 뒤집혔다.

'리…… 리디아! 네년이 여기에 있었느냐?'

리디아는 노란색의 짧은 머리를 가진 말끔한 청년과 팔짱을 낀 채로 거리를 거닐고 있었다. 둘이 착 달라붙어 있는 것을 보니 상당히 친밀한 관계인 듯했다.

예전 같으면 그런 모습을 보고 질투심이 끌어 올랐을 것이다. 그러나 푸르카는 리디아에 대한 그 어떤 집착도 없었다. 당연히 질투심도 없었다. 오직 죽여야 한다는 복수심만이 존재할 뿐이었다.

그런데 저 청년은 대체 누구인 것일까? 푸르카는 청년을 보자 숨이 턱 막히는 듯한 위축감이 들었지만 리디아를 보는 순간 흥분해서 그런 것은 눈에 들어오지 않았다.

"큭큭! 리디아! 나는 네년을 절대 용서 못 한다. 이제 네가 행한 대가를 치르게 해 주마."

푸르카가 바람처럼 리디아를 향해 돌진하는 순간 무혼의 전음이 천둥처럼 그의 귓전에 울려 퍼졌다.

〈진정하시오. 이곳에서 분쟁은 허락되지 않는다는 말을 잊었소?〉

푸르카가 우뚝 멈춰 섰다.

"크으! 하지만 저년은……."

그는 분노에 몸부림치는 채로 리디아를 노려봤다. 무혼의 전음이 이어졌다.

〈나도 이미 보았소. 나 또한 리디아를 찢어 죽이고 싶은 심정이오.〉

리디아에 의해 트레네 숲이 어떻게 변했던가. 하늘 호수를 볼 때마다 무혼의 마음을 울적하게 만드는 물의 정령 아르나의 죽음이 바로 리디아로 인해 벌어진 것이었다.

그뿐인가? 오우거 제리드, 사이클롭스 히크트 등을 비롯한 트레네 숲의 많은 부하들이 모두 리디아로 인해 죽었다.

그런 무혼의 분노는 푸르카보다 크면 컸지 결코 작지 않았다. 무혼이 푸르카에게 리디아에 대한 복수를 양보한 것은 그보다 더한 대가를 마왕 유레아즈에게 받아낼 생각이었기 때문이지, 리디아에 대한 분노를 잊었기 때문은 아니었다.

이미 무혼은 현재 시난에 수많은 마족들이 존재하고 있음을 감지한 터였다. 그리고 그중에서 상당히 강력한 기운을 풍기는 편에 속하는 이들이 바로 리디아와 그녀 옆에서 걷고 있는 노란 머리의 청년이라는 것도 파악했다.

리디아는 푸르카보다 약간 약한 정도였지만, 청년의 기세는 푸르카보다 훨씬 강했다. 언뜻 보기엔 무혼의 가디언들 중 힘의 근원이 세 개 존재하는 땅의 로아탄 이아스와 비슷한 정도였다.

그때 리디아가 우뚝 멈춰 서더니 안색을 굳혔다. 그녀는 설마 차원의 도시에 존재하는 오르덴의 항구 도시 시난에서 푸르카를 보게 될 줄은 몰랐기에 깜짝 놀라고 말았다.

'말도 안 돼! 저놈이 어떻게 여기에!'

푸르카는 분명 그녀의 손으로 죽였다. 물론 갑자기 시체가 사라져서 의구심을 갖긴 했지만, 그가 멀쩡히 살아나 이곳에 나타난 것은 그야말로 뜻밖이 아닐 수 없었다.

특히나 리디아는 푸르카의 기세가 이전과 비할 수 없이 강해진 것을 발견하고 더욱 놀랐다. 이전에는 그녀의 장난감 수준에 불과하던 푸르카가 어찌 저리 강해진 것일까?

그러나 그녀는 이내 코웃음을 쳤다. 푸르카가 대거 강해져서 나타났다 해도 그녀를 두렵게 할 수 없었다. 그녀의 옆에는 푸르카와 비할 수 없이 강한 애인 사티스가 있기 때문이었다.

사티스는 마왕 콘딜로스의 아들이었다. 콘딜로스는 리디아의 부친인 유레아즈와 절친한 사이로, 그의 아들 사티스는 리디아가 오래전부터 알던 사이였다.

"리디아! 저 자는 누구냐?"

"나의 옛 애인. 지금은 원수야."

그러자 사티스의 가느다란 두 눈에 섬뜩한 한광이 번뜩였다. 리디안의 옛 애인이라는 말이 그의 심기를 매우 자극했다. 질투심이 강한 그는 푸르카가 리디아의 옛 애인이라는 것만으로도 죽어 마땅하다고 생각했다.

"죽일까?"

"바보! 여긴 분쟁 금지 구역이야."

순간 사티스가 의미심장한 미소를 지었다.

"내 말은 그런 규정이 적용되지 않는 곳에서 놈을 죽인다는 것이다. 물론 이 자리에서 죽여도 되지만, 굳이 오르덴들의 심기를 건드릴 필요는 없겠지."

"호호! 놈을 어떻게 죽일지 기대되는걸."

그러다 리디아는 문득 초조한 표정으로 주위를 두리번 거렸다. 그녀는 불현듯 자신이 두려워하는 누군가가 이곳에 있을지 모른다는 불안감이 들었던 것이다.

'혹시 그놈이?'

그녀가 두려워하는 존재는 다름 아닌 트레네 숲의 로드 무혼이었다. 만일 그가 푸르카와 일행이라면 사티스 정도의 능력으로는 감당할 수 없었다. 그녀가 생각하기에 무혼은 그녀의 부친인 유레아즈가 아니면 이길 수 없을 만큼 강하기 때문이었다.

'다행히 없군.'

리디아는 푸르카와 그의 뒤를 따르는 두 드래곤인 포르티와 아그노스도 발견했다. 그들을 보는 리디아의 입가에 비릿한 미소가 맺혔다. 그녀는 푸르카를 향해 조소를 흘렸다.

'호호! 멍청이. 또 죽으러 왔느냐?'

'크으윽! 죽인다! 반드시 죽인다.'

푸르카는 리디아를 잡아먹을 듯 사납게 노려봤다. 드래곤들을 몰살시킨 사악한 원수가 눈앞에 있는데도 죽일 수 없으니 원통하기 짝이 없었다.

그런 그의 귀로 무혼의 전음성이 들려왔다.

〈원통하지만 참으시오. 앞으로 시난에서 사흘 정도 머무는

동안 절대 리디아와 충돌을 하지 마시오.〉

푸르카는 무혼이 어디론가 사라진 것을 깨닫고 놀랐다. 그의 음성은 들려오지만 위치는 찾을 수 없었다.

현재 무혼은 모두의 시야에서 사라진 터였다. 이는 무혼이 작정하고 은신술을 펼쳤기 때문이었다.

물론 무혼이 굳이 번거롭게 이러한 은신술을 펼친 이유는 리디아의 방심을 유도하기 위함이었다.

만일 리디아가 무혼을 발견했다면 그 즉시 어딘가로 꼬리를 감추고 달아나려 할 것이다. 그러나 무혼을 발견하지 않은 지금에는 어떤 식으로든 푸르카를 죽이려 할 것이다.

사흘이란 시간도 무혼이 의도한 바였다. 만일 지금 당장 나가면 그녀는 추격을 망설일 수도 있었다.

앞으로 사흘 동안 그녀는 푸르카와 포르티 등을 충분히 살펴볼 것이고, 그들의 뒤에 아무도 없다는 것을 확신하게 될 것이다. 그러다 푸르카가 이로이다 호와 함께 출항하는 순간 그 뒤를 추격해 올 것은 당연한 일이었다.

스슷.

무혼은 은신한 채로 움직이며 도시를 살펴봤다. 그러한 무혼의 움직임을 이 도시의 도처에 존재하는 수많은 오르덴들과 도시를 방문한 여행객들 중 그 누구도 알아채지 못했다.

사실 무혼은 오르덴들이 전혀 눈치채지 못하게 리디아의

목숨을 거둘 수 있었다. 멀리서 극검광을 펼쳐 리디아의 흔적 자체를 소멸시켜 버리는 것은 그에게 전혀 어려운 일이 아니니까.

그러나 푸르카와 한 약속을 지키려면 리디아를 그의 손에 맡겨야 한다. 그래서 리디아의 목숨을 붙여 놓은 것이었다.

잠시 후 리디아 등의 시야가 닿지 않는 도시 안쪽의 건물 뒤에서 은밀히 모습을 드러낸 무혼은 자연스럽게 그 건물의 안으로 들어갔다. 라티지드 문자로 거래소라는 이름이 적혀 있는 곳이었다.

붉은색의 화려한 옷을 입은 오르덴 청년 니클이 무혼을 향해 빙그레 웃으며 말했다.

"어서 오십시오. 시난의 거래소에 오신 것을 환영합니다. 무엇을 도와드릴까요?"

"물건들을 좀 처분할까 해서 왔소."

무혼은 아공간에서 제법 쓸 만해 보이는 마법 무구들을 꺼내 보였다. 그러자 니클은 어깨를 으쓱하더니 고개를 흔들었다.

"죄송하지만 그것은 저희 오르덴들에게는 필요 없는 물건입니다. 매입할 수 없겠습니다."

"그럼 이건 어떻소?"

무혼은 마정석과 정령석을 꺼내 보였다. 그러나 그 또한 니클은 시큰둥한 반응이었다.

"죄송합니다. 모두 저희에게는 필요 없는 물건입니다."

이로이다 대륙에서는 그토록 귀하게 취급받던 마법 무구들과 마정석들이 오르덴의 도시에서는 아무런 가치가 없다는 것이었다.

무혼이 계속해서 갖가지 보석들을 비롯해 필리우스가 모아놓은 각종 화폐들을 내보였지만 니클은 냉랭히 손을 가로저을 뿐이었다.

"뭔가 착각하고 계시는군요. 이곳에서 그런 물건들은 별다른 가치가 없답니다. 굳이 그것들을 처분하고 싶다면 다른 여행자들과 개인 거래를 해 보셔야 합니다. 그러나 누구도 베카와 가디를 그런 물건들과 바꾸려 하지 않을 겁니다."

"그럼 대체 어떤 물건들을 매입하는지 알려주시겠소?"

그러자 니클이 흔쾌히 고개를 끄덕이며 말했다.

"그거야 어렵지 않지요. 수많은 세계를 여행하다 보면 아주 간혹 차원석이라는 것을 발견하실 수 있을 겁니다. 그것들은 속이 투명한 돌과 같은 형태로 된 것들이라 일단 보면 그것이 차원석이라는 것을 쉽게 알 수 있습니다."

왠지 무혼은 그것이 푸르카가 말했던 차원의 돌과 흡사한 것임을 깨달을 수 있었다. 이로이다 대륙에서도 나오긴 하는데 아주 희귀해 구하기가 쉽지 않은 것이라 했다.

"차원석 외에 다른 것은 매입하지 않소?"

"물론 있습니다. 그것은 도시마다 다르지요. 이곳 시난에서는 불의 정화와 마족의 뿔을 비교적 비싸게 매입하고 있습니다."

그 말에 무혼은 반색했다. 정령의 숲에서 구했던 불의 정화는 차원의 보주를 만들며 소모되었지만, 마족의 뿔은 여분으로 잔뜩 가지고 있었으니까.

"이것이 돈이 될 줄은 몰랐군."

무혼이 아공간에서 마족의 뿔 하나를 꺼내 내밀었다. 그러자 니클의 두 눈이 커졌다

"100베카 정도의 가치가 있는 물건이군요. 처분하시겠습니까?"

"그게 적정 가격이오?"

니클이 고개를 끄덕였다.

"당신은 오르덴과의 거래 실적이 없는 터라 그 이상의 가격은 어렵습니다. 앞으로 저희와 꾸준히 거래하시면 보다 좋은 조건에서 거래를 하실 수 있게 되겠지만 말입니다."

"일단 처분하겠소."

"여기 100베카 있습니다."

니클은 푸른빛의 세모난 조각 1개를 무혼에게 건넸다. 조각들에는 각각 100이라는 숫자가 적혀 있었다. 조각 하나가

1백 베카인 것이다.

무혼은 그것들을 아공간에 넣은 후 마족의 뿔 하나를 다시 꺼내 내밀었다.

"두 번째 거래요. 이번에는 가격이 어떻게 되오?"

그러자 니클이 씩 웃었다.

"5베카 더 쳐 드리지요."

"좋소. 그럼 세 번째 거래는?"

무혼이 105베카를 받은 후 다시 마족의 뿔을 건네자 니클의 안색이 환해졌다.

"110베카에 드리겠습니다. 혹시 물량이 더 있으신가요? 세 번째 거래를 하셨으니 앞으로는 단골 가격으로 쳐드릴 수 있습니다."

"단골 가격이라면?"

"방금과 같은 상급 마족의 뿔은 저희 거래소에서 쳐드릴 수 있는 최대 매입가인 120베카에 모두 매입할 용의가 있습니다. 물론 최상급 마족의 뿔은 품질에 따라 따로 책정되지만 그 또한 단골 가격으로 최대한 배려해 드리지요."

무혼은 현재 82개나 되는 상급 마족의 뿔을 가지고 있었다. 그리고 최상급 마족의 뿔이 4개 있었다. 무혼은 먼저 상급 마족의 뿔을 모두 처분했다.

니클의 입이 쩍 벌어졌다.

"오! 놀랍군요. 이토록 많은 마족의 뿔을 가져오신 분은 정말 오랜만입니다. 모두 합쳐 9,840베카군요. 금액이 크니 잠시만 기다리십시오."

잠시 후 니클이 건넨 베카 중에는 보통의 베카보다 크기가 두 배 이상 커다란 것들이 9개나 들어 있었다.

푸른빛의 세모난 조각인 그것들에는 모두 1천이라는 숫자가 적혀 있었다. 그 조각 하나가 1천 베카를 의미하는 것이었다.

이로써 무혼은 앞서 받은 돈들과 합치면 무려 1만 베카가 넘는 거액을 보유하게 되었다. 그러나 아직 무혼에게는 최상급 마족의 뿔이 4개 남아 있어서 그것들까지 처분하면 더 많은 돈을 벌게 될 것이다.

최상급 마족의 뿔은 쉽게 구하기 힘든 재료라 하지만 앞으로 무혼이 마왕과 싸우다 보면 어렵지 않게 또 구할 수 있을 것이니 굳이 아껴둘 필요는 없으리라.

무혼은 최상급 마족의 뿔 하나를 꺼내 내밀었다. 그러자 니클이 경악에 잠겼다.

"오! 그것은 최상급 마족의 뿔이군요. 당신은 혹시 마왕과 싸우고 있습니까?"

Chapter 13
마계로 가는 좌표 지도

무혼이 최상급 마족의 뿔을 내보이자 니클의 태도는 완전히 달라졌다. 물론 그가 무혼을 경계하거나 어떤 적대적인 태도를 보이는 것은 아니었다. 오히려 무혼을 다시 봤다는 듯 더욱 정중한 모습이었다.

마왕과 싸우고 있느냐는 그의 질문에 무혼은 담담히 고개를 끄덕이며 대답했다.

"내가 속한 세계에 왔던 마왕의 부하들을 잡아서 얻은 것들이오. 뭐 문제 되는 것 있소?"

"문제라니요. 전혀 없습니다. 저희 오르덴의 단골 중에도 마왕들이 적지 않게 존재하지만, 그것은 저희와 그분들과의 관계일 뿐 다른 분들과는 상관없습니다. 아주 오래전 일이긴 하지만 실제로 저희 단골에 속한 용자와 마왕 간 전쟁이 벌어졌던 경우도 있었으니까요."

"결과는 어떻게 되었소?"

"물론 당연히 마왕이 승리했지요. 고대부터 그런 싸움이 벌어졌을 때 용자가 이겼던 경우는 거의 없었습니다. 일단 힘 자체가 다르거든요. 마왕이 오우거라면 용자는 오크 정도라 할까요? 그러니 결과는 뻔하지 않겠습니까?"

무혼은 인상을 찌푸렸다.

"오크도 수련하면 오우거를 이길 수 있는 법이오."

"하하, 뭐 그럴 수도 있겠지요. 사실 누가 승리하든 우리와는 관계없는 일입니다만 단골이 사라지는 건 매우 슬픈 일일입니다. 그냥 사이좋게 지내지 왜들 싸우는지 정말 모르겠어요. 그래도 싸우겠다면 싸우십시오. 절대 말리지는 않습니다."

니클의 말은 오르덴들이 어떠한 경우에도 철저한 중립을 지키니 무혼이 오르덴의 단골에 속한 마왕과 전쟁을 벌인다 해도 상관하지 않겠다는 뜻이었다.

니클은 눈을 빛내며 말을 이었다.

"지금 보여주신 최상급 마족의 뿔은 800베카에 매입이 가능합니다. 이는 단골 가격으로 쳐 드린 것입니다."

"그렇다면 이것들은?"

무혼은 나머지 세 개도 꺼내 보였다. 니클은 그중 두 개는 700베카, 그리고 나머지 하나는 1천 2백 베카를 불렀다. 곧바로 그것들을 모두 처분하고 무혼은 도합 3400베카를 받았다.

13,573베카 14가디.

무혼은 두둑해지다 못해 넘쳐나는 오르덴의 화폐를 확인하며 뿌듯한 미소를 지었다. 그때 니클이 빙그레 웃으며 말했다.

"무혼 님, 이제부터 당신은 저희 시난 항의 고급 단골입니다. 아울러 다른 어떤 오르덴의 항구에 가서도 단골 대접을 받으실 수 있을 것입니다."

"단골이 되면 뭔가 좋은 것이 있소?"

"거래에 있어서 그만큼 특혜를 받게 되고 특정 차원 영역의 좌표나 관련 항로가 그려진 지도를 살 자격이 부여됩니다. 보통의 단골은 제한된 일부 좌표 지도만 살 수 있는 반면, 고급 단골의 경우에는 원하는 영역에 대한 좌표 항로 지도의 구입도 가능합니다."

그 말에 무혼은 반색했다. 그렇지 않아도 무혼이 마족의 뿔을 처분해 베카를 번 이유가 바로 그것 때문이 아니었던가.

'단골이 되어야 차원의 좌표가 그려진 지도를 구할 수 있는 것이었나?'

다만 그것은 제한된 일부 좌표 지도에 한정된다고 했다. 소옥의 말에 의하면 천 년 전의 필리우스는 그러한 좌표 지도를 구했으니, 당시 그는 오르덴 도시의 단골이 되는 데 성공한 듯했다.

그러나 무혼은 고급 단골이라 일부 제한된 특정 좌표 지도만이 아닌 무혼이 원하는 영역의 좌표 지도를 구할 수 있었다.

"혹시 구하고 싶으신 영역의 좌표나 항로 지도가 있으신지요?"

"마왕 유레아즈가 있는 마계로 가는 좌표 지도가 필요하오."

무혼은 망설이지 않고 대답했다. 그러자 니클은 뜻밖이라는 듯 두 눈을 크게 뜨고 무혼을 쳐다봤다.

"설마 무혼 님이 유레아즈 마왕님과 전쟁을 벌이고 계신 줄은 몰랐군요."

"그를 알고 있소?"

"아르아브 해역에 있는 수많은 항구들 중 노지즈 해역과 가장 인접한 항구가 바로 이곳 시난입니다. 노지즈 해역의 패자 중 한 명이신 유레아즈 마왕님이 이곳 시난의 특상급 단골이 되신 것은 어찌 보면 당연한 일이지요."

무혼은 인상을 찌푸렸다.

"특상급 단골? 그건 또 뭐요?"

"고급 단골까지는 웬만큼 거래액이 누적되면 누구나 될 수 있습니다. 그러나 특급 단골은 액수도 액수지만 저희 오르덴의 항구들에 많은 공헌을 하신 분들께만 주어지는 등급입니다."

특급도 하급과 중급, 상급으로 나뉘는데, 유레아즈는 그중에서도 가장 위에 위치한 특상급 단골이라는 것이었다. 니클은 침을 튀기며 말을 이었다.

"아르아브 해역에서 유레아즈 마왕님의 명성은 대단합니다. 꽤 악명 높은 피라타들도 유레아즈 마왕님의 이름만 들으면 달아나기 바쁘니까요."

"그가 설마 피라타 헌터로도 명성을 떨치고 있소?"

"하하, 물론입니다. 그분의 피라타 헌터로서의 명성은 물의 정령왕 베나토르 슈이님과 비슷한 정도입니다."

'꽤 대단한 위세를 누리고 있군.'

무혼은 새삼스레 놀라지는 않았다. 고대로부터 이로이다 대륙을 그토록 괴롭혀 왔던 마왕 유레아즈라면 충분히 그 정도 능력은 가지고 있을 테니까.

그러고 보면 피라타 헌터라고 해서 꼭 정의로운 이들만 있는 것은 아닌 모양이었다. 물의 정령왕 슈이는 용자들을 핍박하는 피라타들을 해치우는 데 목적이 있다 했지만, 설마 유레아즈가 그러한 목적으로 피라타들을 사냥할 리가 있겠는가.

'현상금이 목적이겠지.'

거의 대부분의 피라타들은 오르덴의 현상금이 걸려 있다고 했다. 유레아즈는 피라타들을 잡아 현상금도 획득하며, 동시에 그러한 공적이 쌓여 특상급 단골까지 된 것이 분명했다.

무혼은 니클을 노려보며 물었다.

"그가 이곳의 특상급 단골이라니 유감이오. 그렇다면 당신은 내게 그가 속한 영역의 좌표 지도를 팔지 않겠군."

그러자 니클이 어색하게 웃었다.

"그렇지는 않습니다. 아까도 말씀드렸듯이 저희 오르덴들은 단골들 간 전쟁이 벌어진다 해도 그에 대해 상관하지 않기 때문입니다."

"듣던 중 반가운 소리군."

"다만 특급 단골들의 경우에는 저희로서도 어느 정도 배려를 해드리지 않을 수가 없습니다."

"배려라면?"

"그러니까 누군가 그분들의 좌표 항로 지도를 구했다는 사실 정도는 통보해 드리는 것이지요. 다시 말해 무혼 님이 이곳에서 유레아즈 마왕님이 속한 마계의 좌표 항로 지도를 구했다는 사실을 그분이 알게 된다는 뜻입니다. 그래도 상관없으시겠습니까?"

"상관없소."

무혼이 별것 아니라는 듯 대답하자 니클은 멍한 표정을 지었다. 그는 이내 정색을 하고 말했다.

"진심으로 드리는 충고이니 기분 나쁘게 듣지 마십시오. 무혼 님이 원하시는 지도를 구해 주는 거야 어렵지는 않은 일이지만, 섣부른 모험은 죽음을 초래하니 신중히 생각해 보시는 게 어떻겠습니까? 유레아즈 마왕님은 무척 강합니다. 최근에는 이곳 시난 항에 거의 방문을 하지 않지만, 그분의 부하들 중 일부는 시난 항에 상주하고 있지요. 만일 당신이 그분의 좌표 항로 지도를 구했다는 사실을 알게 된다면 그분은 즉시 부하들을 시켜 당신을 척살하려 들 것입니다."

"그건 오히려 바라는 바요. 나는 충분히 신중하게 생각해 봤으니 염려 마시오."

"그럼 잠깐 기다리십시오."

니클은 어쩔 수 없다는 듯 한숨을 내쉬더니 잠시 안쪽의 방으로 들어갔다가 나왔다. 곧바로 그는 상기된 표정으로 한 장의 큰 두루마리를 무혼에게 내밀었다.

"이 두루마리에는 이곳 아르아브 해역의 시난 항에서 노지즈 해역에 있는 마계 유레아즈 마왕님의 마계로 향하는 좌표 항로 지도가 상세히 그려져 있습니다. 항로는 여러 곳이 존재하니 지도를 보시고 판단하시면 되실 것입니다."

니클은 돌연 한숨을 크게 내쉬며 말을 이었다.

"후우! 무혼 님, 어쨌든 부디 행운을 빕니다. 요즘 마왕과 싸우는 용자들은 거의 보기 힘든데, 당신은 정말로 대단한 용기를 가지고 있군요. 가능성은 절대적으로 희박해 보이지만 어떻게든 승리하시길 바랍니다."

"고맙소. 지도 가격은 얼마요?"

"1천 베카입니다. 그리고 이제 무혼 님이 좌표 항로 지도를 샀다는 사실이 유레아즈 마왕님께 통보될 것입니다."

"그건 상관없소만 그 시기를 조금 늦춰줄 순 없소?"

무혼은 사흘 후 리디아를 해상으로 끌어내 해치울 계획이었다. 그런데 만일 지금 즉시 유레아즈가 무혼이 이곳에 있다는 사실을 알게 되면 그는 자신의 딸 리디아를 피신시킬 가능성이 농후했다.

물론 무혼은 그래도 상관은 없었다. 당장 리디아를 해치우지 못한다 해도 그녀는 어차피 유레아즈의 소굴로 도피할 테니, 결국 그곳에서 유레아즈와 함께 죽게 될 것이다.

그래도 그녀에 대한 복수심을 불태우고 있는 푸르카를 배려해서 니클에게 혹시 지연 통보가 가능한지 물어본 것이었다. 크게 기대 않고 물어본 것이었는데 니클은 의외로 고개를 끄덕였다.

"1디에스 정도는 가능합니다만 대신 3백 베카를 내셔야 합니다."

차원의 바다에서 1디에스는 이로이다 대륙의 시간으로 대략 열흘 정도의 기간이었다. 놀랍게도 돈을 내는 것으로 열흘 정도 통보를 미루는 것이 가능할 줄이야.

과연 돈독에 오른 오르덴 족다운 발상이었다. 무혼은 내심 어이가 없었다.

"혹시 돈을 더 내면 그 이상도 가능한 것이오?"

"특급 단골이시라면 좀 더 연장이 가능하겠지만, 무혼 님은 불가능합니다."

"뭐 그 정도면 충분하오."

무혼은 1천 3백 베카를 건넸다. 지도 한 장에 1천 베카라니. 다소 비싼 감은 있지만 이 지도는 무혼에게 반드시 필요한 것이었다.

'그래도 아직 12,273베카가 남았군.'

무혼은 뿌듯한 마음으로 거래소를 나섰다. 소옥이 환호성을 질렀다.

(무혼, 이 지도에 있는 항로대로 간다면 대략 석 달 이내에 유레아즈가 있는 마계로 갈 수 있어.)

지도를 구했는데도 석 달이나 걸릴 줄이야. 그러나 지도를 사지 않았다면 일 년 혹은 수년이 되었을지도 모르는 일이었다. 무혼은 사흘 후 리디아를 처리하는 대로 유레아즈가 있는 마계로 출발하기로 했다.

다만 무혼은 그 사흘 동안 리디아나 그녀의 부하들의 눈에 띄지 않는 곳에 있어야 할 것이다. 무혼에게 은신 상태로 그 정도 시간을 버티는 것 정도는 별로 어려운 일이 아니었다.

　츠읏!

　그런데 곧바로 다시 은신술을 펼치려는 무혼의 앞에 푸른 빛이 번쩍하더니 한 여인이 모습을 드러냈다. 신비로운 푸른 머리카락을 가진 그녀는 다름 아닌 물의 정령왕 베나토르 슈이었다.

〈다음 권에 계속〉